U0025606
早安，愚者。
晚安，我的世界
松村涼哉
Illustration
竹岡美穗

平穩的日子已蕩然無存。
感覺有如世界逐步邁向毀滅。

儘管如此，我也要逃到最後。
即使墮入愚昧痴迷，
滿身爛泥難堪不已。
因爲我和妳約好了。

惡意正式開始動作了。

悽慘、襲擊、制裁。

我所期望的日子究竟要上哪兒找呢？

腦筋不好的我所能夠做到的——就僅有一件事。

「早安，傷害犯。」

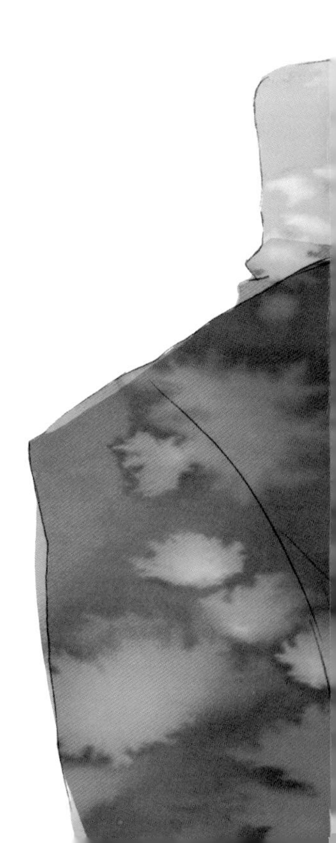

我要成爲特別的存在。
成爲無可取代、獨一無二的人物。
我沒有其他奢望。
所以只有奮戰到最後。
縱使那會是一條黯淡無光的地獄之路。

「晚安，恐嚇犯。」

「能夠保護妳的人，就只有我。」

當我領悟到的瞬間，極致的幸福地獄就此開啟。

駭人聽聞的恐嚇事件，在社群網站上受到小規模的注目。

『有個傢伙令人恨之入骨。

瀧岡市內存在著一名恐嚇犯。他是就讀縣立瀧岡南高中的男學生，隸屬於田徑社，體格很好。乍看之下給人的印象爽朗，和犯罪八竿子打不著關係。他下手的目標是我同學，目前就讀國三的六名男女。

而被害損失金額——累積有三千零二十三萬圓。龐大的金額超脫常軌。

去年十一月，這六名國中生在位於瀧岡市內的車站東公園談天說笑時，那名高中生以他們吵鬧不休為由過來找碴。他是大六人兩屆的學長。突然被毆打而慌張不堪的國中生們交出了所有的錢。此後，高中生食髓知味，開始會出現在他們身邊。恐嚇行為至今持續了七個月，次數多達六十次以上。

損失金額之所以如此龐大，是因為六人當中有一名少女繼承了雙親的遺產。面對這名父母雙亡的少女，高中生毫不留情地不斷恫嚇她。他會叫少女到杳無人煙的地方，舉凡地下道、卡拉ＯＫ店、大樓後方，或是夜晚的公園等，一次又一次脅迫她。他的暴力手段非常老練，絕對不會留下外傷，還能徹底折磨人。被他的拳頭毆打，國中生們會痛得像是五臟六腑翻攪在一起般嘔吐，噁心反胃到整天都食不下嚥，苦不堪言。

另外，那名高中生還很喜歡叫恐嚇的被害者們玩遊戲。雖然只是撲克牌或桌遊等簡單的遊戲，但他會依據遊戲結果決定恐嚇的對象和金額。國中生們被迫陷自己的同伴於不義。

高中生拿著勒索來的錢，以計程車或新幹線往返於東京或大阪，在特種行業和日式餐廳揮金如土。轉眼間花光了錢後，他又會立刻找國中生們進行慘絕人寰的敲詐行為。於是到了今天，恐嚇犯終於做出了逆天暴行，將國中生打得半死不活。施暴過程慘無比，被害者的腳被打碎並扭曲變形、鼻子看不出原狀、十隻手指頭有七隻被折斷。我的同學簡直像是玩具般受到蹂躪。

那名恐嚇犯名叫大村音彥。

我絕對不會原諒他。』

以上內容彙整了五月十四日晚間八點三十分寫在社群網站中的情報。

但我知道，這是一場惡質的謊言。

因為，我就是大村音彥。

早安，愚者。晚安，我的世界

無計可施的夜晚

事情發生在我的日常開始崩壞的不久前，當我仍不曉得網路留言時。

我被學弟找了出去。

五月十四日晚間七點四十七分。

我在車站前的書店隨意打發時間後，沿著大馬路走去。這條路上有著超過二十層樓高的巨大飯店櫛比鱗次地排列著。無論是哪間飯店，入口大廳都大得像是停得下觀光巴士一樣，令我感到吃驚。這陣子，以吸引外國觀光客為目的，僅有豪華外觀卻毫無特色可言的旅館急速增加。富麗堂皇的裝潢令人看了很刺眼。感覺這座城市的人也無謂地變多了。我內心對這份變化感到空虛，朝著和前往鬧區的觀光客相反的方向前進。

『我有重要的事情要談，請你晚上八點到文化中心來一趟。』

昨天北崎如此聯絡了我。他是我國中田徑社的學弟。難得由他主動找我。明明平常聯繫的時候大多都是由我這邊找他。究竟是什麼事？

在北崎找我出去的時候，我的心裡就已經七上八下了。我走得比平時還要快，背上冒了許多汗。我有不好的預感。

北崎所指定的文化中心，是棟遠離市中心，位於神社旁的寧靜建築物。那是棟兩層樓高的小型公共設施，每個月會有一次請三流專家舉辦演講，或是老人們進行盆栽社團的活動，除此之外無人會使用。

完全看不到旅館街和鬧區的喧囂。

晚上八點不會有人接近那裡，因此隨著我步步接近文化中心，路燈的數量也跟著減少。由於旁邊就是神社，樹木逐漸變多，讓走道看起來愈來愈像隧道。真是令人毛骨悚然的氣氛。他該不會想對我動私刑吧？真的假的——我感到焦躁。我會被北崎他們給殺死嗎？

但我不想拔腿就逃。我保持警戒前進，以便應付來自四面八方的攻擊，最後終於抵達文化中心前面。出入口周遭有個足以容納一間學校教室的屋頂，地板則鋪著磁磚。一支快壞掉的日光燈是唯一的照明設備，照亮著狹窄出入口前方寫著開館時間的看板。

如我所料，燈光下的人是北崎。他還帶了兩個朋友來。

不過出乎意料的是，包含北崎在內，他們三人全都流著血倒臥在地上。

北崎的眉心血流如注，眼角瘀青發腫，但傷得最重的是右腳的樣子。他兩手按著腳發出慘叫。仔細一看，他的手也因為擦傷而滲著血。雖然他身上的連帽外套沒有破損，從捲起的下襬可以看到腰部嚴重瘀青。北崎是個塊頭小，很適合理光頭的傲慢少年，但現在完全感覺不到活力。除了他之外的兩個人——雨宮和木原也同樣遍體鱗傷。我不認為是他們三個人互毆造成的結果，恐怕是被其他人近乎單方面的持續毆打所導致。

他們身旁扔著一支特殊警棍。

「喂，發生了什麼事？」

我不禁衝上前去，跪地扶起北崎的上半身。全身脫力的人類上半身之重令我感到吃驚，而靠近一看才清楚見到他全身細小的傷痕，讓我渾身發抖。

我以右手撐著北崎，左手探進包包裡拿出智慧型手機。

「給我等著。你們該不會在這裡做些什麼壞事吧？要是有什麼不妙的東西我就先幫你們收拾掉。有沒有香菸？還是酒？」

北崎微微搖了搖頭。看來他還有意識，聽得見我在說什麼。

「是誰幹的？」

「…………」

但他不願回答我這個問題。

我按下手機的電源鍵，為啟動速度之慢感到煩躁，同時逼問著他。我真痛恨為了省電而關掉手機的自己。

「北崎，回答我啊。究竟是誰把你們打成這樣？」

「……大……村……」

可能是裂傷的嘴唇在痛，說話的北崎幾乎無法張開嘴。我聽不太清楚。

「什麼？稍微努力一下就好，告訴我是誰打你的。」

聽見我的話，北崎一副很不甘心似的流著淚，緩緩答道：

「…………大……村……」

「……我聽不懂，拜託你再說一次。」

我聽見了一個像是姓氏的詞彙，但出乎意料的單字讓我無法順利理解。

我拍了拍北崎的肩膀，再次催促他。手機在我的視線一角成功啟動的同時，北崎瞪著我清楚說出了那個名字。

「我是被……大村音彥……打的……」

我明確聽見了「大村音彥」這個專有名詞，沒有弄錯的餘地。就在這個瞬間——

「你們在這裡做什麼？」

一陣粗獷的男性喝斥聲傳來，並且有手電筒照向我。我以右手遮擋光線，在逆光中確認對方身分，看來是警衛的樣子。他身上的服裝及帽子和警察制服很相似。就算是這

種寂寥的設施，一個晚上還是至少會巡邏一次嗎？

警衛將手電筒照向北崎他們，於是瞪大了雙眼，大步逼近。

我暫且將目光移到北崎的臉上。眼前的少年在手電筒照耀下，一副很刺眼似的樣子瞇細了雙眼。這時我回想起他方才提到的名字。

我猶豫了一秒。

身體反射性地動了起來。我輕輕讓北崎躺回地板上，同時起腳狂奔。我用力踩著地面，一溜煙地逃離文化中心，衝進黑暗裡。

「站住！」

身後傳來粗獷的聲音，但我怎麼可能停下來。我穿過樹木間的空隙，跑進神社裡。地面不再是泥土，而是碎石路。我踢起陣陣碎石，以極速逃亡。

到底發生了什麼事？

大村音彥將北崎他們打個半死？

大村音彥是我的名字。為什麼會變成是我襲擊他們的？

五月十四日晚間八點零九分。

感覺警衛沒有追著我跑。

不過就算追來，我可是現任的田徑社長跑選手，有自信逃得掉。

我決定先躲在文化中心旁的神社腹地內，釐清今後該何去何從。我背靠功德箱，坐在石梯上。

不管是誰都好，拜託跟我解釋一下啊……

現在擔心北崎他們的狀況也沒用，那個警衛恐怕已經連忙叫救護車了。雖然他們身受重傷，不過都還有意識，不會死的。所以該率先思考我的事情。

為何北崎會誤以為是我害他受重傷的？還是他在說謊？莫名其妙的狀況讓我不禁拔腿就逃。

就在我想先喝點水的時候，我發現自己把包包遺落在事件現場了。真是糟透了。裡頭放著學校用的筆記本，一部分本子確實寫著我的名字，我曾待在私刑現場的事情不言而喻。

我身上的東西只有口袋裡的錢包，還有手裡緊握的手機。在我不斷奔馳的時候，只有這兩件物品不曾放手。

我不經意地望向手機，發現指示燈在閃爍。似乎是有人打給我。

『五通未接來電』。

來電對象形形色色。大多是我的同學，甚至有交換號碼後就鮮少聯絡的人。怎麼回事？我不過短短二十分鐘沒有確認手機，就來了五通電話。

其中一人是和我參加同一個社團的女生，名叫江守靜。我選擇打給第一個看到的對象。

『大村，你現在在哪裡？』江守立刻接起電話，語氣急迫地說道。

我簡單明瞭地向她說明我的所在地，以及身處的狀況。

我的說話速度因為情緒亢奮而變快，相對的江守則是冷靜地如此告知：

『你先待在那裡不要亂跑，事情嚴重了。』

真要說起來，我算是個文靜的人。

就讀縣立瀧岡南高中二年級，隸屬於田徑社。明年八成會當上副社長。讀書馬馬虎虎，不過對運動神經很有自信。唯一的驕傲是腳程很快。沒有女朋友。國中時期交過兩個月，不過馬上就分手了。明明是對方自己先告白的，結果她卻說「和你在一起一點也不開心」。

若要舉出個人簡歷，一定會很單調乏味。既不懂得如何炒熱氣氛，個性也很差勁。

身為一個人毫無魅力可言。同班同學肯定只抱有「腳程很快的男生」這樣的印象。還常常被兒時玩伴調侃，說簡直就像個忍者一樣。

這樣的人物，就是我——大村音彥。

不過慶幸的是，不僅是跑得快，我還有一群好朋友。運氣真好。有一定數量的人對我很友善。像是搬家前都和我很要好的兒時玩伴、國高中時期田徑社的學長學弟，還有我所尊敬的社長等等。

當中交情最好的是瀧岡南高中田徑社的同年級學生。二年級有七個男生和一個女子經理，男女比重失衡，但相對的相處很融洽。我們假日練完社團活動，常常會一起去射飛鏢或是唱卡拉ＯＫ，今年春假甚至還去旅行。我們趁著別墅沒有其他人在，就深夜跑到野外進行全裸接力賽跑，真是愚蠢的回憶。說到社團成績，雖然稱不上是強者，不過每個人都在市級比賽中留下了實際成果。縱然競賽項目不同，我們所有人都是夥伴，也是競爭對手。

江守靜就是支持著我們的女子經理。

五月十四日晚間八點二十四分。

江守氣喘吁吁地衝進神社腹地內。

我在這段期間也沒特別做什麼，就只是在神社做著伸展運動來打發時間。因為江守要我別聯絡其他人。在毫無準備運動的狀況下全力衝刺，讓我的身體有些沉重。

「這裡離事件現場很近呢。」

一見到我，江守就看向文化中心的方向如此說道。

「會不會有點危險？你有被警衛看到長相嗎？」

「不曉得……我是渾然忘我地跑過來的，不是很清楚。」

「……這樣呀。我們至少到神社後面去吧。」

我不發一語地跟在江守後方。

江守靜是瀧岡南高中田徑社的女子經理。她喜歡做紀錄或管理，所以才會來擔任經理。江守總是十分冷靜，就算是緊急狀況也不為所動。這種個性讓我們都很信任。她嬌小的身高不到一百五十公分，身材瘦得像竹竿，即使是春天肌膚也曬成褐色，還有一頭捲髮。總覺得她野性十足，比我們還要來得像選手，但江守從不換上運動服。

她今天也是穿著深藍色窄管牛仔褲和灰色夾克出現在我眼前。

我們繞到神社後方，江守便在一片黑暗中伸出手，以令人心驚膽跳的動作坐在石牆上。這裡沒有一絲照明，極度接近伸手不見五指的狀態。無法確認這兒有多寬，每走一步我就感到緊張。我靠著月光坐到江守身邊。

「先聲明——」

江守望著我開口說道。

「我相信你。我知道你沒有傷害人的膽量，更何況還是年紀比你小的國中生。」

「這樣算是認同我還是侮辱我？」

「但我還是想先確認一下，你今晚真的沒有傷害他們吧？包括在身不由己的狀況下怒火攻心，一回過神來就發現自己喪失了幾分鐘的記憶。」

無法否認人有可能在無意識之下做出傻事，但我可以斷定。

「這不可能。我是從車站直接走向文化中心，在那裡才見到受傷的北崎他們。中間也沒有記憶中斷。」

「這樣。那你看一下這個。」

於是，江守從口袋裡拿出了一支智慧型手機。她要給我看的，是一個我不認識的人「enokida haruto」在推特的發文。

『【擴散希望】【危險人物情報】

今晚八點左右，我的朋友被一名叫作大村音彥的高中生打得半死不活，然後被救護車載走了。大村音彥至今不斷恐嚇我的同學，被害損失金額可能令人無法置信，累積高達三千零二十三萬圓。我無法原諒他。』

如此開頭的文章是在短短二十分鐘前發的。

但已經被轉推了上百次。

「這是怎樣……」

一看其他則推特，我發現自己的照片、本名、就讀高中還有社團，全都被肉搜出來了，而且還在陸續擴散。就在我觀看的時候又多了一則轉推。

大村音彥的惡名逐漸擴散開來。

「太離譜了……」我喃喃低語。「愚蠢透頂，說我不但恐嚇取財拿了三千萬圓，還把國中生打到送醫院？我……？」

「嗯，一般來想是不可能的事情。從國中生那裡敲詐三千萬圓也太荒唐了，哪來一批這麼有錢的國中生呀？胡說八道也該有個限度。只能認為，背後別有隱情……」

「…………」

我連應聲附和都做不到。當然，我有聽到她的聲音。但聲音感覺無比遙遠，傳達不到腦部。

我的體溫逐漸下降。

指尖使不上力，連坐著都感到難受。

我被一群素不相識的人毀謗中傷著。感覺世界漸漸崩毀。好似缺了手腳，至今的安穩日子、快樂的日常生活將一去不復返。

我今後究竟會怎麼樣——？

我想起自己手機裡的未接來電。社群網站發文僅僅過了十分鐘就有五通來電。現在增加多少了？網路上眾人口耳相傳，不曉得有多少熟人看過了？要是北崎向警方或身邊的人指證說「是被大村音彥毆打」的話呢？

「大村，你振作一點。」

就在我茫然自失的時候，江守開口說話了。

「我相信你喔。」

江守把她的手機交給我，再將她的左手輕輕放在我擱在石牆的右手上。她的溫度流向我冰冷的身體。

「先冷靜下來。你真的有將那些國中生打個半死嗎？」

「當然沒有啊！這起暴力事件我是被冤枉的！」

「那就可以斷定你是被陷害的。某人將恐嚇取財和暴力傷害的罪行推到你身上。」

「……………我被陷害了？」

「不然說不過去吧？所以要逮到那個犯人。我也會幫忙的。」

江守握著我的手如此宣告。在這片黑暗之中，她直視而來的眼瞳看起來微微閃耀著光芒。

「我們要在你被別人逮捕前，先找出那個栽贓你的人。」

這番話令我感到非常安心。

令人不禁握緊拳頭，很想大聲回答她。

但就在她這份誠懇的嗓音背後——

我聽到了有人踩踏著神社碎石路的聲音。

所以我握起江守和我重合的手，在站起來的同時硬是將她拉了起來。

「我們逃！」

我抓著她的手狂奔。江守表示困惑並看向神社周遭，同時被我拖著跑，但她立刻就重整態勢和我並肩而行。

我看到有人從神社腹地內追了過來。那人的服裝和剛才看到的警衛有著些微差異。見到那堪稱決定性的差別，我的心臟像是被緊緊揪起般發疼。

對方是警察。

愈往神社深處去，周遭變得愈是漆黑。參差不齊的茂密樹木，掩蓋了月光和神社的燈火。枝葉扶疏的五月時期令我咂了個嘴。儘管好幾次都差點被樹根絆倒，我仍然持續往深處前進。

然而，神社並不怎麼寬廣，我們立刻就來到了盡頭。眼前有大量樹木遮蔽，表示前方已經沒有路了。如果我沒記錯，前面是懸崖。在這片黑暗中滾落斜坡，難以避免受到重傷。

我想讓江守逃掉，於是尋找她可以躲藏的地方，但她要來得比我沉著大膽。

「我們跳下去。」

江守低聲說道。

「你的眼睛已經習慣黑暗了吧？我們沒有其他辦法了。」

真的假的啊，江守？

不過聽到她這番話我才注意到，相較於繞到神社後方時，附近的草木我看得更清楚了。比起從神社腹地過來的人，一直待在神社後方的人較有利於奔跑。

沒有閒工夫躊躇不前了。我抱起江守，直接踩著山崖往下滑。鞋底刨挖著地面進行煞車。我用腳踢開半路出現的樹木閃避。江守死命抓緊我的衣服，指甲都陷進胸口了。

在昏天暗地的狀況中高速衝下懸崖，是我這輩子不曾體驗過的恐怖經驗。

我們落下的地方，是一條延伸至寧靜住宅區的小徑。我的衣服破掉，樹枝在我的皮膚留下了幾道割傷，除此之外沒有大礙。

抬頭仰望懸崖上方，警察果然也沒有追過來了。為了慎重起見，我拉開和神社的距離，跑到一處陌生的公寓後，才開始確認彼此的傷勢。幸好江守毫髮無傷。

「為什麼會有警察啊？」

我低聲怒罵道。

「區區高中生的暴力事件會通緝嫌犯？警察有這麼閒嗎？」

「……可能是北崎他們指控了你。」

江守一臉事態嚴重似的呢喃。

「傷害犯處於情緒亢奮的狀況，不曉得會做出什麼事情來——要是有這樣的證詞，警察就有可能會在事件現場周遭巡邏。畢竟事發已經過了三十分鐘……」

如果這番話是真的，自首或許很危險。我沒有任何證據洗刷嫌疑。知道我今晚沒有毆打北崎他們的人，只有我而已。

江守沉著的態度，讓我冷靜了下來。

沒錯，現在不是內心動搖的時候。在解開這起事件的謎團之前，無論如何我都不能被抓到。

現在我唯一獲得的情報是——

「enokida haruto嗎……」

這是那個散播謠言的神祕帳號。會是男人嗎？

江守在一旁微微搖了搖頭。

「我不認為這是本名，那也未免太光明正大了。你該不會相信這是本名吧？」

江守看著我的眼神與其說錯愕，不如說驚訝。我回以肯定的答覆。

「但我也沒有其他線索了。而且我認為——做事會這麼挑釁的人，用本名也沒什麼好奇怪的。」

「嗯，畢竟是社群網站，也不是不可能。」

「我們找。我絕對要追查出知道這起事件的人物。」

這是在一無所知的狀況下唯一得到的線索。只有追著它一途了。

enokida究竟是何方神聖？目的又是什麼？為何北崎他們會遭到攻擊？

情報少到無從推理起。

我和江守四目相望，彼此點了個頭後，再次奔向夜晚的街道。

凶暴的少女

我要成為特別的存在。
成為無可取代、獨一無二的人物。
我沒有其他奢望。
縱使那會是一條黯淡無光的地獄之路。

†

同學們倒臥在我的腳邊。

他們三人滿身是血。從短袖上衣袖口露出的手臂隨處可見到瘀青，好幾隻手指都往不正常的方向扭曲。身體被衣服包覆幾乎看不出來，不過看到衣物破損的地方染滿鮮血就一目了然了。他們露出痛苦扭曲表情的臉上，布滿汗水和血沾染泥土所凝固成的紅黑色塊，大概是在地上打滾許多次造成的。

掉在他們身旁的是行凶用的特殊警棍。稍微拿起這支全長將近六十公分的武器，會發現它沉甸甸的。警棍上頭沾著他們濺出的血液，現在和北崎晉吾本人一樣，在他身旁橫躺著。在網路上，不到一萬圓就買得到。像我這樣的國中生也能夠輕易獲得呀——對此我感到驚訝。

五月十四日晚間七點三十七分。我人在離車站有段距離的文化中心。這裡給我的感覺就是陰暗。高樓大廈的照明被建築物本身遮蔽，僅有一支的路燈前後都被完全生長的枝枒所覆蓋。微微漏出的些許燈光，照著正面玄關、我，以及倒地不起的同學。我一坐下，鋪設在地上的水泥磚的石材氣味就更明顯了。在缺乏光線和寂靜無聲的地方，人的嗅覺就會變得敏銳，注意到更微小的刺激。像是我的汗水，還有北崎他們的血腥味。

我喝下先前在自動販賣機買的能量飲料。有如塗滿藍色油漆的炫目外包裝，以及摻雜了各種甜味劑的味道，不知為何能夠讓我的內心冷靜下來。

這裡除了我們當然沒有其他人在，也不會有人靠近。頂多只有警衛會在規定的時間繞過來罷了。似乎是數年前在這裡發現有年輕人成群結黨呼麻嗑藥，才導入了這樣的巡邏系統。

我身處瀰漫著寂靜的場所。

因為我期望自己是特別的。

這條路的盡頭，有著絕對無可挽回的結果。

我很特別。我是個少數派。我是很罕見的人。

我活了十四年，第一次這麼強烈意識到這些事。很難用言語說明究竟有多麼強烈。至少是能夠盯著半死不活的同學，平靜地心想「在文化中心眺望著重傷患的國中生也很稀奇呢」的地步。從指尖一分一毫的動作到口中說出的一字一句，都讓我思考這究竟有多麼特殊。稱之為遭到束縛也不為過。不趕緊從暴力事件現場撤離，但也不照護他們，只是在一旁俯視著，就是基於這種理由。

把同學搞得像老舊的破抹布一樣悽慘落魄的國中女生很少見吧？

一定強烈意識到自己都錯愕的地步了。令人不禁發笑。當然，有沒有實踐那是另一回事。因為做判斷的人不是我。

回顧短暫的人生，我原本就有這樣的志向。比起身為多數派安居樂業，我喜歡孤立起來，成為與眾不同的人。

其實從我使用的第一人稱來看，這種人就已經很稀少了（註：原文「ボク」為男性使用的第一人稱）。無論轉到什麼樣的學校，都會在現實而非網路使用這種稱呼的女生並不多。

從小不斷轉學，讓我成為一個期盼獨處的人。能夠專心致志地鑽研劍道也是同樣的理由。用不著成群結夥，只要累積實力到和周遭的人截然不同的等級，就能夠成為特別的存在，不會受到他人攻訐。

輕鬆的方法無法滿足我。像是奇裝異服打扮自己、在網路上發布沒有品味的影片、陶醉於違法犯紀的行為、硬是粉飾微不足道的日常小事加以大肆宣揚，我對這種膚淺的「特別」沒有興趣。

時時刻刻都保持自我，在劍道這個領域之中誇稱無與倫比的強悍，貫徹當個獨行俠的意念。

那一定就是我。一個傲慢、裝模作樣——裝腔作勢的少女。

所以我才會參與這場戰爭。

我拋出手上的寶特瓶。寶特瓶敲到垃圾筒的邊緣，發出響亮的聲音後，直接掉進裡頭。

我重複開闔數次一直握著冷飲而變得冰涼的右手，之後從口袋裡拿出了手機，打電話給在其他地方待命的同學。

電話接通後，我立刻告知對方說：

「妳冷靜點聽我說，北崎他們被大村音彥打傷了。」

聽到對方屏息，我又接著說道：

「總之我先和妳會合。不過要拜託妳改一下散布在網路上的文章。加上『大村音彥終於將他所恐嚇的國中生打個半死了』這段消息後，再散播出去。」

然後我掛斷電話。休息時間結束，差不多該移動了。

我確認自己沒有留下半點蛛絲馬跡，離開了文化中心前面。當然我也並未遺忘從橫躺在地的北崎他們身上回收手機。當北崎從我的視野消失時，我便將手機裝在黑色袋子裡，扔進樹叢。

大村音彥很快就要毫不知情地過來了。

這一瞬間起，我的制裁就開始了。

這場作戰的待命場所選在三澤才加的家。那是位於離車站不遠的高級住宅區中的獨棟建築，還附有庭院，相當寬闊。在潔白的牆壁圍繞下，庭院草皮鬱鬱蒼蒼。但那像在強調著典型名流的風格，讓我看了很不順眼。

打電話通知她我到了，三澤便立刻從玄關露臉，然後邀我進客廳去。走廊鋪著絢爛奪目的地毯，裝飾著像是拿顏料隨意塗抹而成的抽象畫。我們通過這裡，來到感覺可以開一場小型派對的寬廣客廳。安城和齋藤在那兒一臉擔心地凝視著我。安城站了起來，怔忡不安地扣著自己的指尖。齋藤抱著雙腳縮在沙發上，從膝蓋間的縫隙瞧向我。

「跟我報告發生了什麼事。」

三澤首先開口詢問。這名同學的長髮微微染成了褐色，令人印象深刻。她的目光凶惡，聲音也大，在班上像是女生的老大一樣。以前她曾經抱怨過，自己會這麼吵鬧是出自於雙親經常到國外出差所導致的寂寞，不過真偽令人懷疑。像是在找藉口肯定自己的行為一樣。

「我沒能成功執行作戰。」

我向她說明。

「在我下手襲擊前，大村音彥就開始大鬧了。把他叫到不引人注目的地方，結果適得其反。」

我低著頭，一副難以啟齒的樣子一字一句慎重說道。我接著繼續說謊。我說大村音彥突然像是發狂般詭異地發笑，之後開始毆打北崎，轉眼間就打趴了三名國中生。然後大村音彥察覺了我潛藏在那裡。我憑藉瞬間判斷決定離開現場呼叫警衛。大村音彥逃走後，三名重傷患被留在現場。

「不會吧……」安城搗著嘴哭了起來。

我微微搖了搖頭。其實我是在說謊，但不可能承認。

「北崎他們立刻就被救護車送走了。好了，之後該怎麼辦？照當初的計畫，他們應該要守在大村音彥身邊進行監視。這樣一來就沒辦法隨時獲得情報了。」

聽到我這番話，三澤焦躁地咬了指甲後開口說道：

「所以妳拋下了挨揍的夥伴，只是四處逃竄，對吧？」

「沒有人負責傳達情報很糟糕吧。要是連我都不在，就沒人向妳們報告了。」

「話是沒錯……」

「有必要的話，我隨時都會挺身而戰。」

三澤依然緊緊盯著我。她一旦心情不好，就會釋放難以言喻的壓力。一副「同學就該受我支配」的優越感，透過她強而有力的眼神傳達了出來。

她那低俗的視線讓我看了很不順眼。當我正在思索駁倒三澤的話語時，安城出面打圓場。

「澤澤，妳冷靜點。我們現在不應該鬧內鬨吧？」

安城闖進我和三澤之間，伸展雙手硬是將我們分開。我被安城的右手推得向後退了幾步。被她左手推開的三澤則是直接無力地坐在沙發上，緩緩做了個深呼吸。

「這也是……榎田，對不起喔。我一不小心亂了方寸。」

「沒關係，畢竟事態重大。」

我輕輕揮了揮手，示意言歸於好。

「那麼，關於作戰……」

「當然是要繼續進行啦！」

接在我的發言後大喊的並非三澤，而是剛剛充當和事佬的安城。她的音量之大，讓我感覺好像能親身體驗到空氣的震動。

平常的她要來得更溫順。她給人的印象總是輕撫著微捲的黑髮，在有失控傾向的三

澤身旁微笑著。她是個身高將近一百七十公分的溫柔高個兒女孩。

但她現在卻扭曲著臉孔大吼大叫。

「作戰還能繼續進行！榎田，多虧妳，計畫還有修正的餘地！應該說，根本不能回頭了啦！我們的夥伴遍體鱗傷了！阿宮、阿原，還有北崎也是！大家都被大村音彥打傷了，我們不能在這裡收手！」

喔，這麼說來——我看到憤慨的安城才留意到。記得沒錯的話，她和北崎是情侶。或許是知道珍愛的男友遇襲，才沒辦法保持冷靜。

「嗯，這是當然……」可能是被氣勢所逼，三澤也同意了。「安安說得對，我們不能逃。立刻著手進行下一個計畫吧。」

「我們還能一拚！我們就是為了這一天努力至今的！大家齊心協力來讓大村音彥走向破滅，好嗎？就靠我們這些剩下的人來做。澤澤、齋藤，還有榎田！」

「這個嘛……」

之後安城和三澤就一邊操作著電腦和手機，一邊進行嘈雜無比的議論。一方大聲說話，另一方就說得更大聲，激動得超乎必要的言詞交錯紛飛。從旁人的角度來看，明明只是兩個國中女生在吵鬧不休，但她們卻是在認真討論將一個高中生逼上絕路的作戰，狀況可說相當異常。

不過，她們果然還是太膚淺了。

這些人究竟做得到什麼事？當北崎他們得在文化中心和大村音彥對峙時，她們卻選擇了在安全的家中舒舒服服地等待結果，所以才會沒發現北崎他們的末路。

「我去拿個飲料。」這時齋藤由佳站了起來，像是要消除這份劍拔弩張的氣氛。她是先前一直保持沉默的嬌小少女。「大家要喝什麼？這裡應該有準備各種飲料吧？」

「謝謝妳，齋藤。妳真是機靈。」三澤盯著電腦螢幕，頭也不回地答道。「我要可樂。冰塊可以隨妳用。」

齋藤點點頭，又問了安藤想喝的飲料後，便啪噠啪噠地跑向廚房。我說了聲要去洗手間，打算離開客廳。我一秒也不想待在這個狗屁倒灶的空間裡。

「對了，那部影片還先不要散布喔。」我最後出聲叮嚀那兩個亢奮的女生。「要見機行事，好嗎？」

她們點頭回應我。我在內心竊笑，離開了她們所在的空間。

我來到庭院，坐在像是藏在大樹樹蔭底下的木椅。可能是年代久遠，褐色的塗料剝落，黏在我的手掌上。我用手指捏起並摩擦它，結果想當然耳我的指尖也染上骯髒的焦褐色。

於是我緩緩地呼吸了一次。

我不擅長說謊，不過三澤和安城——恐怕就連齋藤都相信了我的報告。趁著還能利用，我要徹底地利用她們。即使三澤她們也會像北崎一樣，面臨遭到背叛的命運。

而所有的痛苦，最後將會傳至一個高中男生身上。

他的消息隨時都會傳送到我的手機來。大村音彥一如計畫前往了暴力事件現場，和警衛撞個正著之後逃走了。安城和三澤在網路上散布的情報，正以大村音彥的熟人為中心順利地傳開來。

現在是五月十四日晚間八點三十四分。

我抬頭看向這個城市的地標——雙子星塔。遠遠高過車站的八十公尺建築物，靜靜地散發著暗紅色的光輝。

大村音彥現在是不是還在四處竄逃呢？

他一定完全搞不清楚狀況。

想到這裡我就不禁笑了出來。

大村音彥，你對自己犯下的罪行有多少自覺？

過著平穩日子的同時，背地裡蹂躪著弱者——這份不可原諒的殘酷罪行。

於是我盼望著。

我要背叛同學，將一名高中生逼上絕路。

對自己的傷痛渾然不覺，僅僅期盼著他人受苦——愛著這樣的自己，一定是件十分醜陋的事情。

然而為時已晚了。

有如不知不覺間流竄四肢百骸的劇毒，我已經委身於這份醜陋了。

所以我將會邁向那樣的結局——

史上最差勁的逃亡

五月十四日晚間八點四十一分。

社群網站揭發大村音彥惡行的留言，似乎正逐漸傳開。並且隨著時間經過，還被加上了荒唐無稽的謠言。

『【擴散希望】有個高中生在車站附近鬧事。要去車站的人當心！』

這也是enokida haruto策畫的嗎？是跟好幾個人借帳號來煽風點火，還是正義感大爆發的陌生第三人寫的呢？

江守一臉平淡地告訴我社群網站的狀況後，開口說道：

「不要緊的，沒有人當真。假設真的相信了，也不會有人認真出面抓你。」

「說得……也是。」

這樂觀的看法毫無確切依據，但我依然寄望著它而喃喃低語。

「我們現在需要盡可能多一點自己人，就和其他社員會合吧。我已經告訴社長了，二年級那些愛鬧的男生將會一溜煙地聚集而來。」

我點了點頭，回應江守這番正面積極的話語。我也沒有其他辦法了。

瀧岡市是位於關東一帶的中規模都市。在高度經濟成長期以大都市的臥城（註：位於大都市近郊，供通勤者居住的城市）之姿成長，現在則是發展為外國觀光客的棲息之地。擁有ＪＲ、民營鐵路和新幹線的總站附近，有著櫛比鱗次的商務旅館，寫滿外文的看板甚至比日文的還多。連鎖餐廳則是絕對會有英中韓葡語的多國語言菜單，可見做得有多麼徹底。

可能是拜這份努力之賜，最近也依然都在蓋高樓大廈，但除了大致會在一樓展店的全國連鎖咖啡廳和超商外，我不曉得還有什麼店鋪。這座城市簡直像是一個虛有其表的空盒子。近來市公所向民眾募集了當地Ｂ級美食的資訊，但根本沒有的東西再怎麼募集也生不出好點子，於是活動很快就結束了。毫無創造力，僅是不斷消費。這座城市沒有什麼了不起的產業，卻不知為何發展了起來。

市內的地標是和車站比鄰而居的瀧岡雙子星塔。沒有人會叫這個冗長的全名，都是稱呼車站大樓或是高塔。網頁上或是觀光地圖都誇稱它有八十公尺高。當然，我也只知道這裡的一到五樓有著什麼商業設施，其他樓層一概不感興趣。

對我而言這座城市很不像樣，但必須承認，晚上——而且還是星期五——依然有許許多多的人潮。都到了八點半，車站周邊仍然熙熙攘攘的。不但有喝紅了臉的上班族，也有做著類似打扮和髮型群聚的大學生。

原本應該是不足為奇的風景，現在讓我感到毛骨悚然得不得了。

也有人毫不客氣地看向快步前進的我和江守。對方邊走路邊操作手機，在和我們撞個正著前抬起了頭。我並未對抗他瞪視而來的眼神，而是立刻低頭小聲道歉，隨即離開了現場。

只有一次，有一間愛爾蘭酒吧的露天座位上，兩名看似社會人士的男性對我們指指點點。之後他們小聲地討論了起來，但我不清楚內容。搞不好是在彼此分享對我身旁的江守所抱持的下流妄想。但這種行為，如今卻帶給我無可言喻的恐懼。

我覺得自己悽慘落魄，心情好像在吸泥漿一樣。為何我非得遭到這樣的待遇不可？我所期望的明明只是平穩的日常生活。只要到學校和社團夥伴們一同流汗，再和兒時玩伴開心談笑便足夠了。

所以我們離開神社之後，得繞一大圈前往江守的家。只要到那兒去，就可以暫時放心了。

我們穿過鬧區所在的車站北邊，目標是車站南邊的江守家。

每當和人擦身而過，他們的眼神不曉得帶有什麼樣的意義，讓我很畏懼。

接著，我們遇見了全身漆黑的人。

對方是這場糟糕透頂的逃亡戲碼的第一個襲擊者——

和我內心的焦慮相反，路程很和平。

當中並未發生走到一半遭到警察團團包圍之後逮捕的狀況，也沒有發生被陌生的老百姓襲擊或是拍照的事件。是個和平的夜晚。就算個資在網路上一覽無遺，意外地也不會對平常的生活帶來變化嗎？我怕成那樣真是沒出息。

所以才會放鬆戒心。

我們打算抄捷徑而走進一座公園，對方就在裡頭等著。

接近晚上九點的時間，位於商業區一角的公園，平常只看得到休息的醉漢，以及找地方調情的情侶。

但當我看見穿著一身黑色運動服的人佇立在那兒時，不免還是會感到懷疑。他背對

著我們站在鞦韆附近。就身材來看應該是男人。他戴著手套，所以我不認為他是來夜跑的。現在已經五月中旬了，就算太陽下山後偶爾會有涼意，也不太可能穿著禦寒裝備。

江守似乎也感受到了我的緊張，我們打算默默地快步通過。

這時男子回頭了。

我在零點一秒內反應過來，毫不猶豫地大喊。

「江守，快跑！」

我握住她的手拚命往前衝。

那個男子戴著頭套，完全遮住了眼睛和嘴巴以外的部位。普通人怎麼可能打扮成這樣！更重要的是，他在和我對上眼的瞬間露出了極其詭異的眼神！我全身不住發顫，身體要我趕快逃。

男子以驚人的速度追著衝向公園角落的我們。

「該死！」

我低吼一聲，放開了江守。那男子跑步速度之快，不是和江守牽著手跑就逃得掉的等級。話雖如此，我也不能丟下江守一個人逃跑。雖然對方的目標是我，但被留下來的江守有可能會遭到盤問。

那麼，該怎麼做才好？

我在內心吶喊，回答腦中閃過的疑問。

只有由我來牽制對方，直到江守逃掉了吧！

「江守妳先走！我隨後就跟上！」

想不到我會實際說出這麼帥氣的台詞。

我隨即轉身，削掘著公園的沙地，硬是讓自己煞下車來踩穩在原地。江守大概是立刻猜到了我的用意，告知一個場所後便起腳離去。江守所說的是「大會結束後大夥兒會一起去的店」。那裡就是我們重新集合的場所。

想當然耳，我知道正確答案。大會過後在車站附近的中式餐館狂吃蒸雞是我們的慣例。我們會選擇吃到飽的方案，比賽誰吃得最多。最後一名要表演才藝。雖然很蠢，卻是討人喜歡的日常生活。

黑衣男維持著速度向我衝過來。我並沒有做好反擊的準備，正面吃下了那有如炸彈般的肩撞。其威力非比尋常。我感覺到自己呼吸中斷的同時，輕易地被撞飛出去，在地上滑行。

男子的追擊並未結束。接著映入我眼簾的，是毫不留情地朝橫躺在地的我施展的踢技。朝向面部而來的一擊像是在踢足球一樣，動作雖大卻充滿了殺意。然而，我勉強以左手擋了下來。

這是反擊的好機會。接下男子一腳後，我直接纏住他的腳，硬是將他拖倒在地。不顧一切的蠻幹。

我迅速騎在同樣趴倒在地的對方身上，動手毆打他。不過，往男子臉上招呼的拳頭在千鈞一髮之際被他閃過，打進了地面。我自取滅亡了。我痛得叫出聲，男子便輕易地推開我，和我拉開了距離。

我也立刻起身，遠離他數步。同時，我幾乎是在無意識的狀態下，脫口問出一個單純的疑問。

「你究竟是什麼人？」

雖然我們剛剛僅僅交鋒了一瞬間，但我知道對方其實並非武術家，也不習慣打架。他的動作破綻很大，顯然是個外行人。

但他沒有絲毫猶豫，非常果斷。無論是一開始的衝撞或後來的踢技都是。明確無比的敵意。

「…………」

男子依然默不作聲。公園裡很昏暗，再加上他戴著頭套，我猜不到他內心的想法。

「不過，我心裡有數就是了。」我決定傾全力套他的話。「是enokida haruto指使的吧？」

於是我感覺到男子的眼角微微抽動。畢竟看不到整張臉，這只是我的推測。但至少知道他內心動搖，嚇了一跳。不會錯，這男人知道enokida haruto是什麼人。他所做出的就是這類反應，並非聽到無關的名字而感到困惑。

「究竟是有什麼目的……」

幾乎就在我出聲低吟的同時，男子再次襲向我。這次不只是單純的衝撞。男子從腰際取出了某種棒狀物，架著它衝了過來。這是我今天第二次看到特殊警棍了。

深信對方要打貼身肉搏戰的我，閃不掉這記長距離攻擊，在無計可施的狀況下肩膀吃了一棍。痛到我的腦袋都要燒掉了。我想要還手，但手臂發麻，什麼也做不到。

我按著挨打的右肩，轉身背對著男子狂奔而去。我要逃亡。不該正面迎戰攜帶武器的人。而且我最強大的武器就是腳力。

江守是否離開公園了呢？慎重起見，我朝反方向跑或許比較好。

我要全力撤退。我跳上花壇，然後進一步跳躍抓住圍欄，硬是將身體拉到公園外頭去。雖然肩膀很痛，但我輕易地就翻越了圍欄。落地後我隨即起腳疾奔，順利維持在顛峰速度，完成了幾乎理想的跑步姿勢。我成功全力奔馳在夜晚的寧靜住宅區中。

然而，這時發生了意料之外的狀況。那個男子的速度比我預料的還要快許多。他就像是背後靈一般，緊緊跟在我身後五公尺的距離。

這段距離不曾縮短過。

但也並未拉開。

戴頭套的男子，和身為田徑選手的我維持完全相同的速度跟了上來。

這傢伙是怎樣……！

既然如此就只能拿出殺手鐧了。我減速至極限彎過轉角，忍耐著竄過膝蓋的討厭痛楚，前往我的目的地。

換句話說就是大馬路，連結我們這座城市和隔壁城市，單向三車道，大得誇張的國道。當然，無論夜晚多麼深，車子依然川流不息。反倒是因為交通流量減少，每台車子的速度變得更快。

「嗚啊啊啊啊啊啊啊啊！」

我只能向神祈禱般地放聲大叫了。

在響徹雲霄的喇叭聲中，我以最大限度的腳力橫越大馬路。我聽到頭套男好像在嚷嚷著什麼，但那已經不重要了。

五月十四日晚間九點零三分。

我是在甩掉男子十分鐘後平安和江守會合的。

在中式餐館前面等待著的她，一見到我就拉起我的手說：

「看到你來真是太好了。」

「總算是勉強甩掉他了。」

她放心地點點頭，拉著我邁步而行。但立刻又像是被什麼嚇到似的放開了我。

「怎麼了，江守？是我身上的汗很臭嗎？」

「不是……是你的傷……」

江守愣愣地開口說道，於是我看向自己的手。上頭的擦傷確實很淒慘。皮膚都掀起來了，還滲著鮮血。這是在和頭套男打鬥時，毆打到地面所受的傷。

不過這點小傷不礙事。雖然有點痛，但還可以忍受。

「不要緊的。只要去消毒之後貼個紗布就好了。」

「不是……我不是那個意思……」

江守一副難以啟齒的樣子，停頓了半晌才喃喃說道。

「總覺得……那好像是打人造成的傷……」

我嚇了一跳，重新審視傷口。我慣用手的手背——手指根部有著大塊擦傷。那兒像是毆打了某種東西般傷得很駭人，還滲著血。

簡直就像是揍倒了好幾個純真的國中生一樣——

我告訴自己，這只是我多心了。這場逃亡戲碼讓我很鬱悶。追著我來的人只有碰巧撞見的警察，還有那個黑衣男子嘛。我還沒有被逼上絕境，還有許多夥伴。沒有人將網路上空穴來風的傳聞當真。

但內心不快的情緒揮之不去。討人厭的汗水沿著脖子流下。

我停下思考，走進了江守家。

我們的戰鬥

五月十四日晚間九點二十三分。

我不發一語地仰望江守靜所住的公寓大樓。我已經掌握那傢伙的動向，確認過大村音彥和江守靜進到這裡頭去了。

我拿出手機再次確認社群網站的狀況，上頭亂成一團。有人痛斥大村音彥並散布他的照片，也有人譴責把拍到臉的照片上傳網路的行為，或是畏懼於令人毛骨悚然的恐嚇行為，各種人都有。無論吵著「肖像權」或「個資」的聲音有多少都無所謂。要是被一萬個人喝斥，就創造一百個信徒即可。只要那些信徒展開某些行動就好。三澤她們已經在幫忙找人協助了。希望那些明智的人繼續貶低大村音彥，讓他的惡名不斷傳開。

我打電話對仍在待命中的三澤下令。

「三澤，時間差不多了。請妳一邊進行作業，同時移動到那個地方去。」

電話另一端立即有了回覆。

『了解，我差不多要行動了。我也會盡力而為的。』

三澤和安城的任務是煽動群眾。她們擁有我缺少的人脈。她們一直住在這座城市，而且玩得很凶，假日常常到舞廳玩或是參加聯誼。有次我曾在假日和她們擦身而過。她們一臉濃妝豔抹，身上穿著就像撕裂塑膠袋做成的暴露衣服，簡直像是吸引那些腦袋不好的男人的捕蛾燈一樣。也難怪男性友人會多了。

當然，這次的計畫也會用上三澤的人脈。那些人素行不良，有時使用暴力都在所不惜。

「那就拜託嘍。」我做了一個簡短的回應，內心期盼盛大地鬧起來。

『榎田……那個呀……』

但就在我拜託她的瞬間，和我內心的思緒相反，三澤的聲音非常微小。是在故意跟我唱反調嗎？

「怎麼了？聲音聽起來好柔弱。」

『妳可別勉強喔。』

她開口說道。

『妳已經是我們的夥伴了。』

「事到如今妳在說什麼呀？」

『不，妳當然是我們的夥伴，但一開始是我們硬將妳拉進來的。我只是不希望妳受傷罷了……抱歉，剛剛對妳大小聲。』

她似乎是在擔心我。

看起來這麼剛毅的她，居然在想這麼纖細的事情。這奇怪到讓我笑了出來。

「嚇我一跳。老實說……在一個月前，我只覺得妳是個婊子。」

『咦，真過分。』

「可是我現在不討厭妳了。妳不用感到內疚，我也會奮力一戰的。」

要是我們在不同的時空相遇，或許真能成為朋友。我強調一下，要是在「不同的時空」的話。

三澤並未看穿我的真心，聲音恢復開朗。

『嗯，謝了。其實我們在網路上比預料中被撻伐得更凶，讓我很害怕。嗯，無論是誰說什麼，我們都有相信自己的朋友。謝謝妳……啊，齋藤她一整個悶悶不樂，妳幫忙開導她一下。畢竟她是個頗軟弱的孩子呢。』

「這是當然。那麼……」

『我明白。』

三澤開口說道。接著開朗的語調後傳來的——是憤怒。

『我們正式開始吧——為了讓大村音彥永不翻身。』

我說出了激勵的話語後，結束通話。

這段對話簡直像是青春劇的一幕。明明實際上虛假造作，一絲一毫的真心都沒有。最後我也會割捨三澤，將她沉入血海中，就像是北崎他們一樣。

我之所以即使如此還是熱衷在友情遊戲之中，是因為三澤的人脈對我而言是值得感激的武器。儘管我們的手段不同，幸好目的一致——我們的標靶都相同。

「陽~人，妳的表情好可怕喔。」

我收起手機持續盯著公寓瞧，這時一旁傳來了悠哉的聲音。我轉過頭去，看見嬌小的少女雙手捧著罐裝飲料站在那兒。她稚嫩的外表實在不像跟我同學年。剪著木芥子娃娃般的鮑伯頭，她是齋藤由佳。

「來，這是飲料。補充水分很重要喔。」

她一臉驕傲地，將一罐一百三十圓的飲料像是至高無上的禮物般遞給我。這是新上市的軟性飲料。雖然不合我的口味，我還是心懷感激地收下了。

「謝啦~不過我其實比較喜歡不那麼甜的。」

「咦，是這樣嗎？妳平常給人的印象，總是喝著像糖水一樣甜的營養飲料喔。」

齋藤居然連我的喜好都掌握了，真令人意外。

這傢伙是怎樣，果然還是很喜歡我嘛。連喜歡什麼飲料都清楚掌握的對象，我可是一個也沒有——

「……不，沒那回事。不然妳去買營養飲料給我。」

「咦，運動飲料不算是種營養飲料嗎？就名字的意思來看。」

齋藤開口詢問，言下之意是她真的完全不懂。我決定不再抱怨，就隨她去。我也不是不能明白她的心情。

「嗯……謝謝妳啦。」

我轉開寶特瓶的蓋子，將瓶子倒過來，一口氣喝光了一半左右。冰涼的液體沿著食道流下的感覺真舒暢。

我再次向齋藤道謝後，繼續監視著公寓。

「感覺陽人在現場真是好不可思議。」

齋藤也隨即和我並肩一同監視。齋藤由佳這女孩比我矮了一個頭。

「我能夠像這樣和三澤她們還有陽人一起把大村音彥逼上絕路，感覺真像奇蹟。」

「妳的發言還真是一派輕鬆呀。」

「是嗎？有沒有緩和一下氣氛？」

「妳別自己說啦，趕快回去了。」

「妳的口氣好像學校老師一樣。」

齋藤露出裝傻似的笑容，於是我告訴她「我是認真的，很危險」。

「不要。感覺置之不理妳就會亂來。」

不過她也很頑固，或是說很悠哉，總之毫不猶豫。

「我們不可以有任何人在這場戰爭中受傷喔。」

「……嗯，是呀。」

齋藤竭盡全力的鼓勵也無以慰藉。老實說我希望齋藤收手，因為她感覺會給計畫扯後腿。更重要的是，這是我的任性。

不能再讓她和那傢伙繼續扯上關係了。

因為齋藤由佳是大村音彥手下最嚴重的受害者。

當我再次抬頭仰望公寓時，收到了社群網站的通知。

三澤將那段影片發到社群網站了——

恐嚇犯

五月十四日晚間九點十二分。

我們平安抵達江守家了。

「沒想到你會到我家來。」

江守一臉害臊地說道。

「要是早知道就會收拾得更乾淨了。」

江守的房間亂七八糟的。好幾件衣服堆在椅子上，床鋪周遭丟著好幾本文庫書和漫畫，不是書衣弄掉就是摺到。可能是她沒有丟掉的習慣，不要的練習卷在房間各處堆成一座座小山。

「就算我不來妳也該打掃啊。」

讓我坐在床上後，江守就先到房間外頭拿急救箱。從門外傳來的大聲交談聽來，她似乎是在拚命對父母說明狀況。女兒七晚八晚帶了個陌生男人回家，難免會受到不該有的誤會吧。我不會忘記進門打招呼時，他們所露出的堪稱典範的完美苦笑。

拿了冰塊和急救箱來的江守，迅速緊急處理了我的傷勢。真不愧是我們田徑社的經理，大概是平常就負責處理社員的跌打損傷，手法很熟練。她替我冰敷用力撞到地面的手肘，然後為我擦傷的右手消毒。

「謝了，我一定會報答妳的大恩大德。」

之後要著手收集情報。我終於來到可以靜下心調查的地方了。

我用手機搜尋「enokida haruto」這個名字，於是在姓名分析網站之外，還出現了一名少女的圖片。

看來對方似乎是個名人。我以羅馬拼音搜尋，立刻就出現了結果。那名字的漢字寫作榎田陽人，那篇文章則是中體連（註：國中生體育聯盟）劍道大會的報導。榎田居然是個國中女生，真令人意外。束著馬尾的纖瘦少女，一臉無趣地盯著鏡頭。她就讀的國中換過好幾次，人生似乎不斷在轉學中度過。當然，我不曾見過她。

我無法判斷她是不是這起事件的主謀。不過，若這篇報導屬實，榎田陽人和北崎他們就是同年了。這和社群網站上的個資相符。原來她是暴露著自己的本名在揭發我的罪行嗎？

老實說這令人難以置信。這麼惹人憐愛的國中女生，居然想把我逼上絕路——

「好了，你先休息吧。」大概是看穿了我的焦慮，江守遞了抱枕過來。「總之我們先在家裡按兵不動，我已經叫大家來了。我還會繼續搜尋，要是發現什麼新的情報，我會叫醒你。」

「真是感謝。」

「然後是這個——」

江守靠近坐在床上的我，伸出了拳頭。她的雙頰微微泛紅，似乎是在害羞。我在她的拳頭下併攏雙手，掌心朝上呈碗狀，於是一件小東西掉了下來。

江守丟了一只戒指給我。上頭很樸素，就是單純的銀色素戒。

「其他社員馬上就會來了。別擔心，你只要在這裡躲到事件結束就好。不過——」

江守遲疑了一下。

「——不過，就算我們像剛才那樣走散，我也希望你記得還有夥伴在。」

「……嗯。」

「那個……也就是說……有我在……」

我立刻將戒指戴在左手上。那似乎是只女戒，戴在我的小拇指上尺寸正好。

我舉起左手一看，戒指便反射著房間的燈光，發出暗沉的光芒。在隨時可見的地方有個江守的禮物，感覺還不壞。

當我想開口道謝時，她已經去面對自己的電腦了。是不需要我道謝的意思嗎？

真的很謝謝妳，江守。

我就這麼直接躺在床上。可能是一直維持著緊張狀態，疲勞一鼓作氣湧了上來。我再也不要跑來跑去了。即使是在女孩子的房間和對方兩人獨處的狀況下，卻也意外地能夠放鬆，我真是佩服自己。

所以我很快地就進入夢鄉了。

感覺江守這份溫暖，稍稍緩和了我內心的紛擾不安。

「不會吧……」

然而，我的安眠隨即受到了阻撓。

聽見江守茫然自失的聲音，我幽幽醒轉過來。畢竟時間不長，也沒辦法熟睡，所以睡得很淺。就連夢都沒有作。

我緩緩起身，看向房裡掛的時鐘。那是一具兔子會隨著指針走動的花俏掛鐘，它讓我知道我閉眼還不到十分鐘。

在我的視線一角，江守瞠目結舌僵在原地。看著我的她，雙肩不住發抖。

江守怕我怕到可憐的地步。

她瞪大了雙眼，雙手掩著嘴巴，手指抖個不停。

「江守，妳怎麼了……？」

「不可能……」

江守面前的桌上放著一台筆電，裡頭播放的影片傳出了些微聲音。

『所以你趕快拿出五萬圓來啦。』

那是我的聲音。我被錄下來的聲音，聽起來令人毛骨悚然。

那難不成是——

我連忙離開床鋪衝到電腦前。江守小小尖叫了一聲便離開桌邊。我沒有顧慮她的餘力，只是緊緊盯著畫面瞧。

影片映出的場景，是一座橫跨市中心河川的橋下。這地方我曉得。周邊除了部分區域外，應該都有架設圍欄，嚴禁進入才是。

有一名高個子的高中生，正在那裡恫嚇兩名國中男生。我知道他們的名字，是北崎和雨宮。他們是在文化中心遇襲的其中兩人。那名高中生要脅、嘲笑著他們，有人試圖抵抗就會被揍。

那名凶惡的高中生，每天早上我都會在鏡子裡看到他的臉。

這貨真價實地是我恐嚇國中生的影片。

這樣啊……原來我被偷拍了。

我感覺到自己全身上下汗水狂噴，心臟跳得比本名被散布在網路上時還快。明明渾身發燙，血液卻像是凍結般逐漸冰冷。我的呼吸紊亂起來，丟臉地咳嗽不止。要是能夠就這麼直接昏倒過去，不知道該有多好。

榎田陽人的準備實在周到無比，非常徹底。

狀況糟糕到無以復加的地步。

「這段……影片是……那個……在推特上流傳的……又是『enokida haruto』這個帳號……」

從背後傳來的聲音不像是平常的江守，口齒不清很難聽清楚。

我無法回應江守的話語。

看到這種影片之後，我到底該怎麼推託才好？

「噯……我說……這段影片是……什麼狀況？是某個人找了和你神似的人拍的……對吧……？你……不可能去恐嚇別人的……吧？」

「…………」

「這個敵人真有一套呢，又把莫須有的罪名安在你頭上——」

「…………」

「噯，大村……」江口開口問道。「……你為什麼都不說話？」

不是那樣的。

我蓋起筆電轉頭望向江守，想這麼告訴她。於是我面對了最不想看到的光景。

她緊握著黑色手機，一步步慢慢後退。正好來到房間的對角線上，和我正面相對之處時，她撿起了掉在地上的美工刀。

「回答我。」

寂靜的房內，迴響著美工刀的刀刃喀喀喀地伸長的聲音。江守淚流滿面地將凶器指著我。閃亮亮的刀尖令我感到畏懼。

「大村，恐嚇事件是真的嗎……？」

她開口詢問，顫抖的音調令人哀傷。

「江守，妳先冷靜點……」我好不容易擠出的話語是如此地沒出息。「拜託妳不要這樣看我。」

「你先回答我。」

「…………」

但我只能搖頭回應。現在的我連立刻衝上前抱緊江守，硬是說服她這個選項都不存在。指著我的美工刀說明了一切。

江守持續以冷靜的口吻問道。

「嗳，大村，你和榎田陽人是什麼關係？」

「我什麼都不曉得……我和她根本一次也沒碰過面，所以想不到會是什麼關係。」

「想不到？真的？」

「嗯，是真的。我不會對妳說謊，所以拜託妳冷靜下來相信我。」

「我也想相信你呀……」

江守的淚水撲簌簌地滴到美工刀上。

她帶著顫抖的語氣說：

「我的本能理解到你不會做這種事情。它大聲叫喊著這不可能。可是呀，這一切都說得通嘛……不管是北崎他們被打倒在地，或是國中生為了同伴而奮戰，還有那段影片都是……」

「這……話是沒錯，但不是那樣的。總之……！」

「你說得對，那段影片或許是圈套或演戲，你可能是被陷害的。可是——」

江守銳利無比的話語，帶給我勝過美工刀的壓迫感。

「你為什麼沒告訴我，你最近都還有和北崎見面？」

「……！」

江守又拋出了一個我無法回應的問題。

啊，我該怎麼辯解才好？

我臉上冒出的大量汗水沿著下顎滴到地上。我比手畫腳地試圖傳達，最重要的話語卻說不出口。

我就像是隻渴求氧氣的觀賞魚一樣不斷喘著氣。

感覺江守望著我的視線從畏懼變成了鄙視。

「你該不會……真的把三個國中生……打到送醫？你……騙了我嗎？」

「不……我……」

「那你為什麼只是遇到警衛就『渾然忘我地』逃跑了？這點我一直很在意。一般人不會丟下傷患跑掉吧……難道不是你做了什麼虧心事嗎？」

「就說不是了！拜託妳聽我說好嗎！」

凍結的腦袋這次像是融化般運轉起來。我不斷難堪地述說著。感覺要是繼續直視江守畏懼的視線，我可能會瘋掉。

再也忍受不住，於是我拚命叫喚著：

「我確實沒有告訴妳事實，也隱瞞了一些事情，但——我沒有說謊。激進的暴力犯罪千真萬確是榎田陽人嫁禍給我的！我一直都是這麼說的吧！『暴力事件是冤枉』的！我從頭到尾都沒有對妳說謊！」

「咦……那麼——」

江守愣愣地弄掉了美工刀。

「至少恐嚇是真的嘍……？」

「啊——」

接著我才察覺自己的失態——我的回答成了導火線。

就在我為自己的愚蠢懊悔的瞬間，江守一個箭步跳向房門的方向。是打算逃到外面去吧。她踹飛垃圾桶，握住了門把。

不過，江守的體能沒有贏過我的道理。我在她試圖逃脫的瞬間抓住她上衣的下襬，硬生生將她拖回房間。

我們順著勁頭滑倒在房間中央。練習卷堆成的小山被撞崩，四處散落。

我以右手抓住掛在椅子上的連帽外套，使盡力氣壓向江守的嘴唇，塞進她嘴裡。然後我以左手將她的脖子按在地上，隨後直接騎在她身上。

江守好像在叫喊著什麼，但她嘴裡塞了衣服，我聽不懂。

江守即使倒在地上也依然操作著手機。為了不被我發現，她用身體遮擋手機，拚命地移動手指企圖報警。

真是大意不得的傢伙。

我拿走江守的手機，然後丟在床上。

「抱歉……」我向動彈不得，只能在地上掙扎扭動的江守道歉。「要是我一開始就知道社群網站上面的發文，就不會向妳求助了。妳願意相信這樣的我，我是無論如何都不想背叛妳啊。」

當我如此告知的瞬間，聽見走廊有所動靜，還有說話聲。似乎是有人連忙趕過來的樣子。

是江守的爸媽嗎？但人數也太多了。

我凝視著用力開啟的門扉，發現站在那兒的是熟悉的社員。他們是除了我和江守之外的田徑社二年級成員，一共有六名。

社員們在狹窄的走廊上拚命推擠，以怒不可遏的眼神瞪視著我。

「大村……」

站在最前面的一個社員終於開口。他是尾野，和我最要好的夥伴。

「你在做什麼……快點放開江守。」

「……嗯，你說得對。」

我從江守身上離開，拉著她的手硬是將她拖起來。但茫然若失的江守走都走不穩。我輕輕推了她輕盈的身體，於是她走了幾步後倒向尾野那邊。

尾野溫柔地接住了她。尾野見到江守沒有外傷，表情放心地緩和下來後，隨即怒目瞪視我。他的神情像是見到殺父仇人一樣充滿憎恨。

「大村，我問你，社群網站上的那段影片是真的嗎？」

「……我不想回答。」

「為什麼要做這種事……你也不是沒錢啊……」

「……你人很好。」

我感覺一切都完蛋了，不禁露出自嘲般的笑容。

「而且冷靜又聰明，是個好朋友。所以我沒辦法跟你商量。」

因為他們一定無法理解我。

理解我這種墮落到極點的人。

「不說那個，武田社長有來嗎？有他在的話就好辦了。」

「……他沒有來。」

「這樣啊。那該怎麼說才好呢？我……決定坦承說出真心話。」

當我自覺沒有人站在我這邊時，全身欲振乏力，連辯解的力氣都沒有了。

我深深坐在桌前的椅子上。

尾野像是碰觸玻璃工藝品般謹慎地讓江守坐在地板上。其他社員則是保持沉默，靜待我的發言。

所以，我一邊聽著時鐘的滴答聲，同時整理思緒。

為了讓大家都能聽清楚，我緩緩地一字一句開口說道：

「我說——大家可以忘掉這件事嗎？」

「啥……？」

尾野的口中流洩出吐氣般的聲音。

剩下的社員也同樣說出愕然的話語。

「……你知道你在說什麼嗎？」

「當然，我知道這不可能。我也覺得很抱歉。不過這是最迅速的解決方式吧？榎田陽人就由我來阻止，拜託大家就裝作什麼都不曉得，今後一樣和我和睦相處吧。求求你們了。這是我半分不假的真心話。」

「這還用說，當然沒得商量啊……我們憑什麼要和你這種恐嚇犯……」

雖然現在才說有點晚，恐嚇犯這個詞真少聽到呢。既然有縱火犯和強姦犯這樣的名詞，或許也有恐嚇犯這種說法吧。

總之——

我為了找回自己的日常生活，接著繼續說道：

「不過你們做得到吧。畢竟我們至今都處得很好不是嗎？也有許多愉快的回憶。像是集訓時大家明明累個半死，卻天南地北地聊些蠢話聊到早上，結果被學長臭罵對吧？體育課跑馬拉松的時候，要是輸給足球社或棒球社的人就要表演才藝，我們也這樣玩得很開心吧？只要你們對我恐嚇國中生的可能性視而不見的話，快樂平穩的日常就會持續下去。這就是最好的解決方式吧？」

「就說……辦不到了……」

「別妄下結論啦。目前為止大家不也都和恐嚇犯很要好嗎？所以不要輕易地說辦不到嘛，很遜耶。」

「大村……」

尾野至此才解除警戒。他緊繃的表情鬆懈了下來，嘴巴微張，眼角像是要哭出來似的下垂。但是尾野的口中並未吐出和解的話語。

「我第一次覺得沒有辦法拯救你。」

「……這樣啊。」

「什麼平穩才是最好的，根本就是老頭子在說的話。我內心在笑你真是個平凡小市民的代表。還有最好的朋友也是。但你跟我所想的不一樣。」

「我再重複一次，你很聰明。」

我如此說道。我只能這麼告訴他。

「所以才堅強到能夠輕易捨棄好朋友。」

他似乎將那句話視為割袍斷義之言了。

「快去自首吧。」

尾野對我這麼說。其他社員也接著嚷嚷同樣的話語。過去的夥伴一個個勸我自首，或是拜託，或是斥責，或是大喊，或是期盼，或是哀憐，或是乞求。有人開導我，說還能重新來過。也有人困惑我為何不跟他商量。

所有人都對我宣洩內心的想法。有人哭了，也有人拿東西丟我。

啊，原來大家是這麼地愛我。

這份事實擺在眼前，讓我僅是握緊了拳頭。

然而喃喃道出的話語，卻是無可奈何的現實。

「這世上也是有因為被愛才會孤立無援的狀況啊……」

我也做好了要掠奪一切的心理準備。

既然講不聽，就只好來硬的了。一名社員拿出手機準備報警。

我衝出去撞飛站在最前排的尾野，拍掉後面的社員手上的手機。手機猛力撞向走廊的牆壁，手機殼彈了開來。某人放聲尖叫。

我立刻想要脫逃，視線朝向玄關方向。但就在我看見門扉的那一瞬間，我的視野轉暗了下來。

我倒向後方，這時才終於注意到自己的臉被毆打了。就位置來看，動手的人是尾野吧。我的背部撞上桌角，呼吸瞬間中斷。我一邊咳嗽，同時狼狽地在地上連滾帶爬，竭力和社員們拉開距離。

「抓住大村！」

一直默不作聲的江守怒喝道，那道聲音相當接近慘叫。人在走廊的社員們紛紛擠進房間。

六對一。無論是哪個傢伙，光論身體狀況都不會輸我。我非常清楚他們鍛鍊得有多麼紮實。

所以我已經——束手無策了對吧。

只有死心這條路了。我沒有辦法在毫無犧牲之下逃離這個山窮水盡的局面。

「大村，抱歉了，我要把你綁起來。」

尾野抓起擱在床上的毛毯，丟到我這裡。正面有香菫花圖案的毛毯攤了開來，覆蓋我的視線。就在毛毯蓋住我的頭前一刻，我看到尾野迅速起腳飛撲過來的樣子。其他五名社員同樣團團包圍著我。

一瞬間我閉上了眼睛。

啊，我所期望的日子究竟要上哪兒找呢？就在我思索著這樣的事情時——

腦筋不好的我所能夠做到的——就僅有一個手段了。

我重新檢視著大村音彥進行恐嚇的那段影片。

北崎和大村在手機畫面中正面相對。嬌小的北崎和體格很好的大村一比，兩人的身高相差了將近三十公分。簡直就像是小朋友和大人。

『那不重要，快把錢拿出來。』大村音彥恐嚇人的時候常常會這樣說。他的聲音令人毛骨悚然，彷彿只要聽見，日常生活就會走樣。他的語氣中帶有的不是令他人服從的壓力，也不是令人想拔腿就逃的憤怒，而是頹廢。疲憊、厭膩、怠惰、了無生氣，僅有這些東西襲擊而來。

所以在感到憤怒之前，會先產生畏懼。

不過，即使上傳這段影片到社群網站，對於大村音彥進行恐嚇一事的可信度，仍有許多人抱持否定的意見。

『哪有可能恐嚇取財三千萬圓啊。要是有這麼大筆資金流動，父母會發現吧。』

『找警察商量不就瞬間擺平了。』

這是否定派的說法。

實在是愚蠢至極。大村音彥的恐嚇行為可是貨真價實地存在著。

當然，證據不僅僅是發到社群網站上的一兩個檔案。這還用說。身為門外漢的國中生，怎麼可能一次就拍出如此鮮明地映出大村音彥的影片。失敗的影片和音訊檔超過了二十個。證據十分充分，就連我這個局外人都能接受。

而且我有躲在陰暗處親眼確認恐嚇行為。大村音彥的惡行絕對不是虛言妄語。

我們的團隊是由七個人所構成。北崎晉吾、雨宮博文、木原祐這三名男生，以及三澤才加、安城姬奈還有我和齋藤由佳這四個女生。除了我之外的六個人，都慘遭大村音彥的毒手。

被害損失金額累積有三千零二十三萬圓。

我的手機保存著他們拚死收集的所有證據。他們冒險彙整了將近一千萬圓的證據。

但他們並沒有報警的意思。這點當然也有計策在其中。

因為大村音彥在恐嚇行為中無比冷酷。

他的支配有如一場永遠不會結束的噩夢。

我和齋藤持續進行監視，結果看到大村音彥從大門跑了出來。

他的風貌和進門時幾乎沒有改變。他不慌不忙地悠哉離去。超過一百八十公分的身材，在夜晚的街道上也很容易發現。他的表情毫無焦慮或苦澀，僅是靜靜地——不知為何還帶了爽朗氣息——笑著消失在大樓後方。我和他距離太遠，無法判斷他內心的真正意圖。他的後方沒有任何人跟上來。

雖然他的衣服略有破損，但感覺不像有受傷的樣子。

大村簡直像是送貨到公寓的宅配業者，若無其事地踏著輕快的腳步離去。

我打了通電話給事先登錄好的號碼。對方是對大村有好感的人——江守靜。

『…………你是誰？』

依照三澤她們事前告訴我的情報，對方是個活力十足的女孩子才對。但她的聲音聽起來一點精神都沒有。

「我叫作榎田陽人，是遭到大村音彥恐嚇的被害者的朋友。這個號碼是江守——」

『救救我……』

在我說明撥電話過去的來龍去脈前，她先開口求救了。於是我才發現她所在之處異常地安靜。在江守靜的房裡，除了大村音彥之外，應該還擠進了六名高中生。

為何會如此鴉雀無聲？

『我已經搞不懂了……』

電話另一頭傳來她的哭聲。

『恐嚇行為是真的嗎……暴力事件也是大村的所作所為嗎……？』

「發生了什麼事？」

對方停頓了一拍才回答：

『試圖拘捕大村的六個人，全都在一瞬間反被他打倒了……』

「…………」

『六名男生一起上也不是他的對手……我現在只能幫他們療傷…………』

果然啊——我咬緊嘴唇。

為何大村音彥能夠成功敲詐這麼大一筆錢，這就是理由之一。

單純至極，而且簡單到愚蠢的理由。

他在施展暴力方面，有著無可匹敵的才智。

他就是藉此踐踏他人的尊嚴，將原始的恐懼深深烙印在對方心中，使別人再也不敢反抗。

「江守，請妳協助我。」

所以我才會遊說她。

「我們要和那頭怪物戰鬥。由我們親手做個了結——」

電話另一頭傳來的是漫長的沉默。

不過隨後聽到的，是江守堅毅地做出的肯定回應。

我身旁的齋藤惶惶不安地抓著我的袖子。

這場戰鬥我非打不可。無論對方是什麼樣的怪物，我都要挑戰。

只要顫抖不已的齋藤由佳還在我的身邊——

晚間十點的告白

我應該是個普通的高中生才對。只擅長運動，日常光陰就在平凡當中度過。所以我常被武田社長調侃。說「你真是個小市民」。

武田翔也學長是我隸屬的瀧岡南高中田徑社社長。他所負責的項目是撐竿跳。雖然和專攻長跑的我沒什麼交集，不過練習後他常會和我攀談。講白了就是他很欣賞我。而他每次笑我的時候都會用「小市民」這個詞。

沒記錯的話，那天是我還在念一年級時的初秋。

參加田徑社讓我感到最舒服的，是社團活動後的伸展運動。在學校操場或停車場鋪著地墊躺在上頭，若不是田徑社還真難體驗到。一邊按摩著雙腳舒緩累積的疲勞，同時望向轉變為橘紅色的天空和沒入陰影中的校舍，以及沐浴著開始不再帶有夏天熱氣的秋風。無論何時都令人感到暢快至極。

我如此告訴身旁的社長，結果被他大聲嘲笑，說「感覺真像個小市民」。

武田社長的嗓門很大，所以話語響徹了整座操場。但我之所以不會感到不悅，是因為他的個性和外表具有親和力吧。他的體格纖瘦，乍看之下根本不像個運動員。一定是身上沒有多餘的肌肉。修剪得很清爽的短髮，還有不過於魁梧的身高，總之他不會令人不快或有壓力。雖然他長得有點狐狸臉，但足以稱作帥哥。

「嗯，也沒錯啦，所以無妨。」我做著伸展運動答道。「我當個社會正義底下的僕人就好啦。」

「不，抱歉，我笑得太過火了。我也有同感，但由你開口說，不知怎地就讓我打從心底想發笑。」

「這算是在打圓場嗎？」

「當然。嗯……啊啊～天空真是美麗啊～讓人想吟詩作對呢。雖然我不會那樣，但大村會傳染別人。」

我是傳染病嗎？——我有點想發飆，但刻意不提。總之，我們兩個就是意氣相投。比方說，練習後的伸展運動我們會做得比其他人都久。雖然武田社長老是在戲弄我，卻也很喜歡這段時間。

「好，小市民差不多該回去哩。」

學長話一說完便反手撐地，豪邁地彈跳起身，然後拿著地墊走回社辦。我望著他的背影默默感謝，跟在後頭而去。

江守站在社辦前，罵我們「未免也做得太仔細了」，同時搶走了地墊。一進到男生社辦中，就看到尾野他們熱烈地討論著晚餐要去哪家店吃。「大音你也要去對吧？」尾野向我搭話。大音是我的綽號。我問他發生了什麼事，於是他回答「似乎是要安慰我失戀的晚會」。

「嗯？你什麼時候失戀了？」

「才沒有啦，我只是跟大家報告交到了女朋友，大家就說要預先舉辦。」

亂七八糟的經過讓我不禁噗哧笑了出來。這種惡作劇的心態才有他們的風格，所以我也表明參加的意願。我也來幫忙安慰失戀的好朋友吧——不過提前了許多。於是我和夥伴們一起到街上遊玩了。

這就是我的幸福。

遵從社會正義的一個小市民——這是我的理想。

不會被人從背後指指點點，但也不會被大眾嫉妒。既不想在動盪的日子裡奮鬥，也不想面對深沉黑暗般的強大敵人，害怕得縮成一團。

大村音彥就是這樣的人物。

然而——努力打造至今的平穩卻崩毀了。

✝

五月十四日晚間九點五十二分。

六名田徑社員躺在房裡呻吟著。他們在小小的房間中擠成一片倒在地上，看起來十分悽慘。一個人痛苦地按著肚子，臉埋在自己的嘔吐物中。另一個人抱著雙膝一臉不甘心地瞪著我。也有人昏了過去，或是躲在角落發抖，避免被我發現。

念在夥伴一場的份上，我有手下留情。雖然八成有瘀青挫傷，不過骨頭一定完好如初。這樣就足以擊碎六人的鬥志了。我打架果然很強。自覺到這點，之後我又陷入自我厭惡中。

大概是擠盡最後的力氣，尾野顫抖著雙膝站了起來。令人不忍卒睹。我微微舉起右拳靠近他，接著立刻蹲下來，掃倒被拳頭吸引注意力的尾野，然後朝他的下顎施以一記左上鉤拳。這招成了致命一擊，他不再爬起來了。

毫髮無傷的江守坐在房間一角抱著自己的身體發抖。她大哭一場就在那裡不動了。

我不發一語地穿過她身邊。

走廊上，江守的父母拿著電話僵在原地。他們已經報警了啊，我得盡快逃離這裡才行。我一靠近他們便隨即退開。但我不會也不想再窮追猛打了。

爆炸般地一口氣讓自己染指暴力行為，不知為何內心會變得寧靜。一直以來都是這樣。我的腦袋停止運轉，僅僅不斷地喃喃自語。

「……靜謐和緩又溫暖的時光。靜謐和緩又溫暖的地方。那就是平穩。那就是社會正義……」

我走到玄關，再次融入夜晚的街道中。

我聽見身後房裡的尾野大喊著要我站住，但我可不能回頭。

我要一個一個確實地追尋幕後黑手的線索。我會不斷逃下去，但最後一定會找出幕後黑手。

「榎田陽人……破壞了我的平穩日常，可別以為我會善罷干休啊……」

毆打了夥伴的手仍隱隱作痛。這讓我莫名一肚子火，便胡亂地用力抓起傷口。於是繃帶掉到了地上，最後隨風飛逝，從我的視線中消失。

我就這麼逃走了。

獨自一個人逃亡。

特別的世界

我之所以投身制裁大村音彥的理由——老實說，我想不太到。

確實是有想成為特別的人這個抽象的願望，但問到具體的動機，我沒辦法立刻回答出來。我有著決心和信念，但肯定只能透過這些無形之物闡述理由。

畢竟我原本就和恐嚇事件毫無瓜葛。

三千零二十三萬圓的被害損失金額中，連一毛錢都沒有我的份。我和大村音彥之間也毫無宿怨。更進一步地說，別說是恐嚇事件，我和三澤他們幾乎沒交集。我們並沒有光憑他們過來哭訴就會趕忙出面協助的深厚交情。講得更極端一點，我內心覺得這些人的死活是他們家的事情。

我和這些人是徹底地無緣。

我是個轉學生。

我是一名攝影師的女兒。父親在全國各地四處拍照，搬了好幾次家。他的攝影風格就是，每當發現一個新的地點，就會徹徹底底拍過一輪。因此我從年幼時期就不斷在轉學中度過。肯定有十次以上。我實在提不起勁去計算正確的數量。

轉學經驗豐富的孩子沒什麼好朋友這個印象，套用在我身上大致正確。當我反覆著邂逅和別離，和其他人的交流就愈來愈淺薄。我漸漸變得主動期望和其他人保持距離。多餘的聯繫馬上就會被歸零，實在很麻煩。

幸好我有一項才能，就是從小學時期開始學的劍道。每次轉學後在新的城市尋找道場，我都會成為同齡之中的孩子最強的，讓我優越感十足。看到地區之間揮舞竹刀的習慣有著些微分別，也讓我單純地樂在其中。手腕的使用和重心的移動方式會依流派不同自不用說，道場和地區之間也會有微妙差異。看穿了這點，讓我熱衷於接觸劍道的深奧之處。於是，我很快地培養出足以在全國大會名列前茅的實力。我根本就沒有什麼交朋友的理由。

所以我才會用男性稱呼自稱。

為了在教室內稍微與他人格格不入。

為了讓自己稍稍超脫旁人，我要成為特別的人。

獲得異於常人的怪人這個特質後，我的校園生活就過得很愜意。周遭的人總覺得我很「特別」，把我當作異類看待。我不會被繁雜的人際關係所束縛，也不用聽滿口抱怨卻毫無進展性的戀愛諮詢，更不會在活動中被委以重任。我能夠平平淡淡地過著健全的日子，集中全身精神在道場裡揮著竹刀。

有時也會有人在背後說我壞話，或是把我的東西藏起來。

「女生用男生的第一人稱感覺怪丟臉的對吧？是在模仿動畫角色還是偶像啊？」

像這樣故意讓我聽到來嘲笑我。

這種時候，我只要找到當事人就會揪住對方的衣領，默默地瞪著他。於是對方就會立刻罷手。也有更陰險的狀況，但大部分的傢伙都比我還弱，沒有人認真期望在劍道界千錘百鍊的我會受到他們支配。

所以說，一被欺負就退縮的膚淺「特別」是不行的。堅持貫徹到底的「特別」，才能讓我過著舒適的生活，時而為我開路。

我在二年級的十一月轉進的瀧岡國中也是同樣的狀況。

果然不論哪間教室都一樣，受歡迎的和陰沉的人壁壘分明。我在這邊發揮了格格不入的特長，因此不用加入任一個團體。我馬上就知道誰是最受歡迎的女生了，對方就是三澤才加。為了避免刺激到她，我適當地打了個招呼後，就決定不再過問任何事。我安於「擅長劍道的奇怪轉學生」這個定位，不和其他人深交。一個星期裡，會有一兩天完全沒和同學說到話。

積極的孤立。

這確確實實存在著。成群結黨有時很開心，但一個人過意外地舒暢。如此一來，我就只要毫無顧忌地揮舞竹刀即可。

在社團活動時，突如其來的異物引發的混亂也只有最初幾個星期。瀧岡國中並非劍道強校，我隨即獲得了團體戰正式成員的寶座。打從一開始就沒人能跟我抗衡，我備受尊敬。要將嫉妒降到最低，最好的方法就是比誰都要來得努力——沒錯，我在轉學生涯中學到了這個道理。所以我一大早就會在道場前練空揮，放學後的自主練習也會留得比其他人都晚。

一天的結束，我會收聽網路廣播消除疲勞。

無論轉到哪一所學校都不會改變的例行公事。

之後聽說，大村音彥的恐嚇行為在這個二年級的秋天就已經開始了。但我從未察覺這個事實。就連一丁點傳聞都沒聽過。

貫徹孤傲的我，真的徹底和恐嚇事件無緣。

所以，要是有人問我為何介入恐嚇事件，我只有一個答覆。

並沒有特別的理由——僅只如此。

我是個局外人。

相對的我要主張，滿溢在世間的大部分行動都毫無理由，卻充滿著契機。

✝

我和事件扯上關係的最初契機，是和齋藤由佳的相遇。

和她之間的邂逅相當震撼。

更正確地說，齋藤是我的同學，我們每天都會在教室見面。但就我的記憶，我們只交談過兩次。一次是發還英文練習卷時，我說「齋藤，妳的練習卷錯放在我桌上了」。另一次是上體育課時我們同一隊，我跟她說「我們適度地加油吧」。齋藤的回應兩次都是「啊，嗯」，根本連對話都不成立。

我對她沒什麼深刻的印象。

齋藤的身材嬌小，長得一張娃娃臉，看起來和我完全不像同年級。她不擅長讀書，也討厭運動，相當不起眼。我對她的記憶真的只有這樣。

所以當我看到額頭流血的她時嚇了一跳。

那是一個隨時可能下起雨的傍晚。我結束星期日的社團活動，拿著半途買的美式熱狗走在路上。戴著耳機聽網路廣播是我的習慣。

當我聽到廣播裡聽眾投稿單元講的幽默笑話而不禁噗哧一笑時，感覺好像有人在看著我。被人親眼目睹在路旁忽然發笑，實在超丟臉的。而且還是在這樣的街上。

我環顧周遭，幸好四下無人。我所在的地方是地下道。並非通往地下鐵車站，只是為了穿越國道而存在的路。這裡是辦公大樓櫛比鱗次的商業區，地上的大樓高度大約八層左右，不上不下的。星期日這裡杳無人煙。我拿下耳機，只有聽到我自己的腳步聲。明明太陽都快下山了卻還沒開燈，黃昏時分這樣的地下道陰森森的，令人望而卻步。

接著我注意到是誰在注視著我了。正好有人坐倒在地上。

「齋藤……？」

我不禁低聲說道。

齋藤由佳一屁股癱坐在地上。她背靠牆壁，雙手無力地伸直，望著半空中。從她的下顎滴下的鮮紅液體，染紅了她身上的米黃色雙排釦大衣。

我立刻發現她的頭在流血，連忙衝了過去。我雖然覺得一個人比較好，但沒有無情到會丟下傷患不管的地步。

「怎麼了？妳是被別人攻擊了嗎？妳想要先報警還是先叫救護車？」

我隨即將手上的手機切換到通話畫面。但當事人比我還冷靜，緩緩地搖了搖頭。

「不要緊……我只是去唱了一下卡拉ＯＫ。」

齋藤意義不明地呻吟著。

最近的卡拉ＯＫ是這麼危險的空間嗎？

「我聽不太懂。」

「我話還沒講完，安靜點聽我說。」

「喔……好。」

「然後我愉快地在路上走著……走到地下道的時候還一邊小跳步呢。小跳步很不容易，但那時因為很開心，我輕輕鬆鬆就做到了。」

「……」

「結果我絆到柏油路，摔倒了。」

「…………就這樣？」

我至此確信，齋藤的表達能力超級糟糕。講話沒重點也該有個限度。

我重新確認起地下道的狀況。這裡只有鋪得漂漂亮亮的水泥地，平坦無比。要是下起大雨，都可能變成游泳池。

「……這條路哪裡有可以絆倒人的要素？」

我仔細地觀察齋藤頭部的傷。她確實在流著血，不過傷得很輕。只是稍微割破頭的程度。

我深深地嘆了口氣。立刻拿條布幫她止血，之後再消毒就夠了吧。

「總之妳先拿去擦擦血吧。」我從書包拿出社團活動用的毛巾。「不過這有點髒就是了。」

「嗯，謝謝妳……………有汗臭味耶。」

「別抱怨了。」

「有薰衣草的香味。」

「我可沒要妳睜眼說瞎話喔。」

「呵呵呵，如果我說兩句話都是真的呢？」

「是我的話會去醫院就診。」

我邊低喃，同時蹲了下來，拿面紙擦拭她衣服上的血跡。好像錯過離開的時機了。畢竟她是個傷患，我們又聊得像朋友一樣。

可是，齋藤有這麼健談嗎？總覺得和她平常的印象不一樣。

針對教室裡的她和眼前不同之處，我在內心逕自產生疑問，於是齋藤靜靜地笑了。

「還是第一次有人幫我擦血……我很開心喔。」

大部分的人都沒有這種經驗吧。

這樣指責她也很不識趣，於是我粗魯地將毛巾綁在齋藤頭上，然後隨便陪她閒聊到止血。老實說，會在路上流血倒地的傢伙一定很不妙，我可不希望不小心遭到怨恨。

確認她已經可以行走無礙，我隨即向她告別。

我恐怕不會再跟她說話了吧。

然而出乎意料的是，隔天開始齋藤由佳會找我說話了。

像是體育課或是課外活動需要兩人一組時，她會率先衝來找我。下課時間不是過來閒聊就是找我去廁所。班上舉辦的年末聚餐我本想推掉，她也強迫我參加。然後面不改色地在那家小小的餐廳裡大言不慚地說「大家一起吃飯感覺特別美味呢」。說到球類大會更是莫名，不知何時起，她竟然會和我組隊雙打。久而久之，周遭的人也開始顧慮到我們，不再和我組隊了。要我和誰同一組都無所謂，但老是和同一個人廝混不符合我的個性。教室裡像是在說「啊～畢竟妳們兩個是搭檔嘛」的視線令我很不爽。

所以我採取冷冰冰的態度。我認為如此一來，齋藤也會馬上就厭倦了。不過即使我升到了三年級，齋藤由佳依然黏在我身邊。

無可奈何之下，我只好若無其事地向班上女生的老大三澤打聽。這是發生在老師拜託之下，我們碰巧一起搬授課資料時的事情。

「三澤，齋藤她在我轉學過來前是什麼樣的狀況？」

「……她好像很黏妳耶。妳覺得很麻煩嗎？」

我露出曖昧不清的笑容蒙混過去。雖然很麻煩沒錯，但感覺和三澤口中的「麻煩」鐵定是不一樣的東西。

「她一直都孤零零地一個人喔。」三澤似乎理解了什麼，開口回答我。「這樣講不太好聽，不過她一個朋友都沒有吧？從小學開始就是這樣。」

下一個週末，我約齋藤由佳到車站前的咖啡廳去。我以白色的照片T恤、牛仔夾克及灰色長裙這樣的服裝迎接她。當然，我心愛的耳機也掛在身上。

也因為適逢假日，咖啡廳裡人滿為患。我在窗邊的座位等了五分鐘後，相對於我的便服打扮，齋藤穿著制服過來了。我點了這家咖啡廳裡最便宜的咖啡和司康餅後，她便笑吟吟地朝我走來。

我們還是第一次特地在週末見面呢——齋藤這句招呼成為開場白，我們隨意地閒聊幾句後，我便立刻切入主題。

「我說妳呀，要是我轉學的話怎麼辦？」

齋藤的表情黯淡了下來。

「……這個嘛……」低著頭的齋藤開口反駁，但聲音有氣無力。她應該也有自覺到太常來找我了吧。

「妳馬上就會變成孤獨一人。」所以我如此回應。「不要太常來找我，反正我很快就會轉學了。我和友情之類的東西無緣。」

「什麼無緣呀……沒有人會這樣的。」齋藤有些不悅地說道。

「那我換個說法，榎田陽人是個會對同班同學說『我和友情無緣』的人。我已經受夠每次轉學都要一直顧慮一整批新同學的生活了。打從一開始就獨樹一格，一個人活下去比較快活。」

「獨樹……一格？」

「沒錯。妳想想，要融入全新的人際關係中，得反覆改變自己的個性，藉此配合團體所需要的定位吧？像是被捉弄的人、負責統整的人、認真的人、搞笑的人——依賴著周遭去扮演自己很累人，所以無論是在哪間學校，一開始我就俾倪他人、裝模作樣、使用男性自稱、擅長劍道，來讓自己在班上格格不入。」

「那還……真是厲害呢。」

「一點也不厲害，我只是剛好選擇這條路罷了。」

我哀嘆了一聲。

「所以，妳想要跟我培育友情是無妨。不過，要是有閒工夫搭理這種冷漠的人，鼓起勇氣去和教室裡的那些人好好相處，要來得划算太多了。」

「咦……？什麼？」

話說到這裡，不知為何齋藤的臉上綻放出如花般的燦爛笑容。怎麼了？

「呃，所以我說，要是妳有那種閒工夫……」

「妳剛剛說不介意我和妳培育友情對吧！哇——！這樣算是正式承認我們倆是朋友了吧？」

齋藤神采飛揚地緊握雙手，做出勝利姿勢。

簡直像是總算能夠去遊樂園玩耍的小孩一樣。

看來我的行動適得其反了。

我嘆了口氣，決定心甘情願地繼續和齋藤的朋友關係。

那天之後齋藤由佳黏我黏得更緊了。不論我在校園生活中表現得多麼厭惡，她依然死黏著我。放學後我會自主練習到八點，她也開始會留校念書到那個時候。放假或是放學後則是會用手機傳訊息給我。我也想過痛扁她的話她是不是會離開我，但我沒有殘酷到會為了這種事情打人。假日社團活動後她也理所當然般地出現，不過一起被帶到電玩遊樂場的時候還是嚇到我了。她似乎在神不知鬼不覺的情況下從我的書包偷走社團活動預定表，並且複製了一份。

和特定人士如此緊密行動，還是我有生以來的第一次。

人果然還是不該做自己不習慣的事情。

所以才會被捲進事件裡。

†

事情發生在某個涼爽的日子放學後。如果我沒記錯，是在四月中旬。就在我想趕快到道場去監督一年級打掃而起身的瞬間——

「榎田，我有事想拜託妳。」

是男生的聲音。我抬頭一看，發現一個男生用認真的眼神俯視我。記得他是田徑社的。就連女生我都鮮少開心談話，更遑論男生了。這很可能是我們初次對話。

他的名字叫北崎晉吾。個子和我差不多高，留著一頭短髮，總之是個巧妙地讓愚蠢和爽朗並存的男生。

「嗯，什麼事？」我開口詢問。

「妳是齋藤的朋友對吧？這件事也和她有關，我想跟妳商量一下。」

語畢，北崎從我身邊離去。我心想「你什麼都還沒有說呀」，同時跟在他後頭走。

自從轉到瀧岡國中後，還是第一次有人外找。

走在前方的北崎踏進了一間不屬於任何班級的空教室。我走進去的瞬間，裡頭所有學生同時轉頭看了過來。成員有三男三女，我唯一認識的人就只有——齋藤。

沒錯，不知為何齋藤由佳在這場聚會裡。她明明沒有參加社團也沒有朋友才對，和他們是什麼關係呀？

「現在是什麼聚會來著？」所以我率直地表達出來。

「都是……被害者……我們全都是……恐嚇事件的被害者。」

「……啥？」

北崎猶豫了一會兒，開口答道：

「——三千零二十三萬圓。我們被一個高中生勒索了一大筆錢。」

「……你是在開玩笑吧？」

這數字也太愚蠢了。

這筆天文數字遠遠地超過能夠從六名國中生身上榨取的金額。而且還是僅僅一人所為。我當然會懷疑是不是被騙了。這是不是一場醜惡的惡作劇，用來羞辱教室裡難以親近的人呀？但他們凝視著我的求助眼神，感覺不到半分虛假。

「拜託妳，榎田。請助我們一臂之力。」北崎再次強調道。

北崎的說明相當簡單。

他們像是奴隸般的被一個高中生支配。那名高中生是在去年秋天時分出現在北崎眼前的。對北崎來說，對方只是過去一個熟悉的社團學長。包含齋藤在內的六人在公園談笑風生時，那名高中生忽然出現，要求他們拿錢出來。想當然耳地拒絕後，那男人就毫不猶豫地大鬧起來，把北崎他們痛毆了一頓。

那男人的暴力脫離常軌。三名國中男生聯手反擊被他輕易地打發掉，想逃去呼救的三名女生也被他以異常的腳力瞬間逮到。北崎表示那個男人隸屬於田徑社，不過體能要比其他社員來得出類拔萃。

不到五分鐘的短暫時間，男人就制伏了六人，強取所有人的錢財後笑道：「今後我大概會以每週一次的頻率來跟你們要錢喔。」由於這份恐懼，北崎他們無法找其他人商量，只能自己瑟瑟發抖。

那男人就如同自己所說，以每週一次的頻率出現在北崎他們眼前。但不見得是他們統統聚在一起的時候。男人掌握了所有人的住址。他會面帶微笑地埋伏在補習班或是社團活動的歸途，誘導他們到四下無人之處就開始恐嚇取財，若有不從就飽以老拳。

男人還有著更為醜陋的虐待狂性格。有時他會集合六人起來叫他們玩些遊戲。內容五花八門，像是撲克牌或是賭博之類，但必定會跟輸家收錢。有時他甚至會單純地叫大家將「最該被徵收金錢的人是誰」寫在紙上進行投票，把北崎他們之間的友情粉碎得體無完膚。

恐嚇行為從十一月持續到隔年四月。

於是被害損失金額最後累積到了三千萬圓。

這就是我在放學後的教室裡聽到的事件來龍去脈。

「我有很多地方不太明白，可以提問嗎？」

聽完一切由來後，我像是上課一樣舉手發問。

「好啊。」北崎答道。「還有，妳不用舉手啦。」

「你們為什麼不跟警方或是學校商量？如果這些事情都屬實，那男人進少年感化院比較妥當吧。」

「妳打算怎麼從事後報復保護自己？」

回答我問題的人並非北崎，而是坐在他身旁的三澤。她輕撫著染得不會被老師盯上的淡褐色頭髮，瞪向我說道。

「什麼意思？」我開口詢問。

「這很惡質，不過充其量只是未成年人的恐嚇事件，既非殺人也非濫用藥物。這樣的人被關進感化院，沒幾年馬上就出來了吧？大家的住址都被他知道了，之後誰來從他的報復中保護我們？」

北崎順著三澤的話繼續說明道：

「他有這樣威脅我們，說『我離開感化院後就殺了你們其中一個。只是殺一個人不會被判死刑的』。當然我們不曉得話中真偽，只是這賭注風險太大了。」

「原來如此……」

我並非全然接受，不過我決定提出下一個問題。

「那麼，我最大的疑問是三千萬圓是打哪兒來的？這金額也太誇張了。」

「喔，那是……」

北崎瞄了齋藤一眼，才接著開口。

「榎田，妳不知道齋藤家裡的狀況對吧？」

「齋藤家裡？」

這還用說，我不是很清楚。

我望向齋藤的方向。她低著頭緊緊抓著制服。可能是注意到我在看她，一副滿心愧疚的樣子低下了頭。就像是在解釋著自己有說不出口的苦衷。

北崎先獲得了齋藤同意後才繼續說下去。

「呃～也就是說，齋藤其實還滿富裕的。只不過並非那麼正面的事情，因為她繼承了母親的遺產……總之她有一大筆錢能夠自由運用。」

「但也不是大富翁啦。」一直默默不語的齋藤開口說話了。「儘管如此，家裡環境還是能讓我自由動用一筆不小的錢。」

「三千萬圓裡頭多半都是那筆遺產。當然我們損失的金錢也是以百萬起跳。我們會去偷爸媽的錢，像安城家是自己做生意，她就會去摸走收銀機裡的錢……這段日子簡直就像是地獄一樣，我們已經受夠了。」

「……所以你們希望我幫忙一起打倒那個高中生？」

聽到我這麼說，北崎點頭回應。

「所以我們只能幹得徹底一點，讓他沒有辦法再報復。」

這時空教室所有人的視線全都集中到了我身上。有的人眼神熠熠生輝，滿溢著翻騰的恨意；也有人的眼神堆滿了懇求的哀傷——眾人各有不同，但我有發現他們想說的是什麼。

能夠對抗惡魔般的高中生的力量。在緊急狀況下發展成暴力事件時的戰鬥人員。那就是找我過來這裡的動機。他們認為，若是全國等級的劍道高手，或許就能和那個高中生抗衡了。

對此，我的回答當然只有一個。

「…………不，我不能協助你們。」

我只能這麼告訴他們。

「我會幫你們向警方作證，但不能協助你們使用暴力。我並不想拿劍道來打架，而且也不想在國中生涯最後的大會前引發問題。」

再說，我根本就沒有協助你們的義務吧？

這句真心話我沒有說出來就是。

受不了北崎他們悲戚表情的我，速速前往了社團活動，並努力自主練習。一直到晚間八點，我都在道場練空揮，揮灑著汗水。我想從腦中抹消空教室裡那些噁心的視線，和水分一起。

天色轉眼間暗了下來，我鎖上道場大門，踏上歸途。

於是，齋藤由佳像是理所當然般的在等我。她說自己剛剛在圖書館念書。自從四月在咖啡廳發生的那件事之後，這也成了她的習慣。這傢伙究竟有多喜歡我呀——我只能如此感到錯愕。簡直就是跟蹤狂。乾脆報警好了。

不過，我什麼都說不出口。齋藤由佳也緘默不語。平時的「社團活動辛苦嘍～」、「妳誰呀？」的無聊問答也沒有發生。

我們一起走出校門，隨即來到大廈林立的街上。那裡有著辦公大樓炫目的光芒、耀眼的軟性飲料和偶像CD的廣告，以及修剪得漂漂亮亮的行道樹。總之五花八門的事物填滿了我的視野。我轉學過許多次，這裡算是很都市化的地方。

「只有這點我要先聲明喔。」我們很罕見地默默走了一段路後，齋藤由佳開口說話了。「我不是因為有那樣的內情才接近妳的。一直到最後，我都反對將妳捲進來。」

「嗯，我知道。」

齋藤肯定不是基於如此單純的念頭行動的，她散發著這樣的感覺。所以我並非因此沉默不語，而是因為更曖昧不清的東西。

「我並不在意喔。畢竟妳不太想提吧。」

「嗯……但我覺得這樣子不公平，對不起。」

「什麼？」

「我沒有好好告訴過妳，我想和妳交好的理由呢。妳覺得很不舒服對吧？」

我猶豫了一會兒，點頭回覆她。在這裡說謊也沒用。

不曉得是不是感到開心，齋藤露出了微笑。她的表情就像是向日葵一樣溫柔。

「其實呀——不管是誰都好，只要願意和我當朋友就可以。」

「就算不是我也……？」

感覺她意想不到地說出了很過分的話。

我一畏縮，齋藤便再三告誡似的點點頭說「嗯，是誰都好」。聽到這番正直過頭的言論，不知怎地我不會火上心頭。

「我呀，至今都是獨來獨往。媽媽過世後，爸爸又立刻犯下了差勁透頂的案件，無論是誰都嫌棄我。」

「……案件是指？」

「五年前，我爸爸殺死了我的同學。對方是我無可取代的好朋友。」

「這……」

難怪會變得孤零零的。要是同一所學校的班上發生了這種事，想必狀況悽慘至極。自己的同學，被其他同學的父親所殺害了。就算齋藤沒有做什麼壞事，也會想對她敬而遠之。我可以明白這種心情。

我回想起齋藤在教室裡孤立的樣子。公立國中的學生幾乎都是從當地的小學升上來的。小學時期的人際關係一定就這麼維持到了國中。

「那之後我就一直都是一個人。畢竟案件這麼殘酷，也沒有親戚要收養我，現在我是獨自住在公寓裡生活。好朋友和雙親同時消失這個過去的事實傳了開來，於是我在教室裡遭到孤立。這就是我——齋藤由佳這個人。所以我才會對不曉得我過去的轉學生抱持期待，想說對方會不會願意和我交朋友。」

聽見這番話，我自覺自己對齋藤一無所知。這種事實不會有人特地告訴我。

「可是……」我吞了一口唾沫，開口詢問。我自己也不明白為什麼會這麼焦躁就是了。「那北崎他們呢？的確，我從來沒有看過你們在教室裡很親近的樣子，不過就今天的狀況來看，你們感情頗好的嘛。」

「一點也不喔。我們只是碰巧一起被捲入恐嚇事件的交情罷了。」

「是這樣嗎……」

「我內心期待，要是這起事件成為契機，讓我和三澤他們變得要好，不曉得該有多好……這樣想是不是不太得體？」

「妳還真的是誰都好呀。」

我不禁面露微笑。

齋藤也同樣地笑了。

「嗯，是誰當我的朋友都好。可是呀，若是可以任選，我會毫不猶豫地選擇妳。」

「那還真是我的榮幸。」

「所以我求求妳，不要和事件扯上關係，不要對大村音彥這個惡魔出手。我們可以當朋友，但不要成為閨密。請妳保持原本冷漠的態度，對我見死不救。」

從她的語氣中我聽不出任何算計的意味。

她以真摯的眼瞳筆直地盯著我看。

但我原本就宣告過，我絲毫沒有涉及恐嚇事件的意思。

我問了北崎好幾個問題，但答案都難以令我接受。

只要和警方或父母商量就好這點肯定沒錯，而且特地正面迎戰大村音彥也讓我感到有所矛盾。

關於那筆大得誇張的金額，也只能先相信是齋藤由佳繼承的遺產。不過拿著這麼多錢晃來晃去，總感覺會在某處穿幫。

再加上被害金額不均也是——既然有龐大的遺產，那只要勒索齋藤由佳就好了。大村音彥沒有恐嚇北崎他們的理由。

情報實在太過不明確，讓我很難涉入其中。

✝

但我為何又和事件扯上關係了呢？

這是因為，我察覺了北崎和三澤他們的真相。

✝

五月十四日晚間十點五十二分。

我的決心在整理記憶的同時變得更堅定，著手進行著下一步作戰的準備。

聯絡江守靜後，我讓齋藤由佳在其他地方待命，然後決定和三澤及安城會合。我在車站和她們集合，隨後迅速前往至避人耳目之處，以防被警察抓去輔導。我們穿過高架橋底下遼闊的車站東公園，看見一棟像是要被高樓大廈壓扁的小型五層大樓。一樓有著看似咖啡廳的櫃檯，不過沒有任何照明點亮。這棟建築物是預計拆除的廢棄大樓。

我們從咖啡廳旁邊的樓梯爬上二樓。

「真虧妳知道這種地方。」安城語帶佩服地說。

「我可是找得很辛苦呢。」我回答道。沒錯，這可是我拚了老命奔波找來的。要找一個距離車站近，又絕對不會被人發現的地方。

門鎖我早已先弄壞了。

所以我們輕易地就來到二樓的區域。這裡從前似乎是間小小的稅務士辦公室，絲毫沒有多餘的裝飾。桌子和櫃子已經被搬走自不用說，地毯也被移除，整個空間裡空無一物，只有漫天塵埃的氣味。我利用事先準備好的戶外用ＬＥＤ提燈照亮室內。

「嗳，榎田。」一直興味盎然地環顧建築物的三澤開口說道。「我還沒有問妳詳情如何，是大村音彥會到這裡來的意思嗎？妳會和江守合作，將他逼到山窮水盡的地步對吧？」

「嗯，就是那麼回事。」

我沒有說謊，只是並未告知真相。

我逐一照著四個事先放置好的提燈，同時注意避免從窗戶漏光到外頭去。

「只不過呀……」

準備完畢後我開口詢問。

「最後我想先確認幾件事情。」

安城拍了拍地板上的灰塵，坐在房間一角。可能是不想待在這麼骯髒的地方，三澤百無聊賴地站在那邊。

兩人聽見我突如其來的提案，皆一臉不可思議地看著我。

我問她們倆：

「我說呀，大村音彥恐嚇了你們六人對吧？」

對這句話嘆了口氣的人是三澤。

「妳還在懷疑我們嗎……證據都交給妳了吧？要是懷疑金額也就罷了，給我承認事實啦。」

我盡量堆出平常的笑容。

「嗯，說得也是。那麼齋藤由佳當然也有被大村音彥恐嚇對吧？」

「對……怎麼了嗎？」

「有點事情讓我很在意。」

語畢，我從三澤正面刺出特殊警棍，敲了敲她的肩膀。然後將那支散發黑色光芒的凶器抵在三澤的右臉頰上。

「所以讓我確認清楚吧，三澤才加。」

可能察覺我的語調有違平常，三澤當場像是凍結般僵住不動。安城也瞪大了雙眼直愣愣盯著我們。

我握緊了特殊警棍。

「等等，妳這是在做什麼呀……榎田？」三澤說。

「審問。」我回答。

打從一開始，我想問的事情就只有一件。

「回答我呀，恐嚇齋藤由佳的人——真的只有大村音彥嗎？」

我之所以投身這一戰的第二個契機——因為我發現了。

大村音彥醜惡的手段令我打從心底感到厭惡。啊，只好承認你是個怪物了。竟然設計了防止他們抵抗的詭計，作為恐嚇手段的一部分。照他的計算，只要像我這樣的局外人牽涉其中，三澤他們最後就會面臨破滅。

但我已經無法阻止了。除了對大村音彥將計就計，別無他法。

不管是三澤、安城、北崎、木原、雨宮，還有大村音彥——真想打飛所有人。

三千萬一夜

惡意正式開始動作了。

我的平穩日子蕩然無存了。

那段堪稱決定性的影像公諸於世，我的惡名爆發性地傳開來。

恐怕在對方散布那段影片時，這場計畫的重頭戲就來臨了。他們計算過我的交友關係和逃亡地點，才會選在那個時間點下手。

大村音彥反覆恐嚇著六名國中生，今晚終於將他們打個半死了。這些傳聞一個一個被視為事實而不斷累積，最後決定性的證據被散播了開來。

實際上我人在犯案現場這點毋庸置疑，被害者也指證是「被我打傷」的。我的手上有著像是打過人的傷痕。然後是映著恐嚇現場的影片。還有抵抗社員捉拿，並毆打壓制他們的事情。

證據再充分也不過了。沒有人會相信我是無辜的。

尤其最糟糕的就是混在真實當中的謊言——暴力事件。若只是恐嚇事件，隨其他人去大肆宣揚還無所謂。「證據就只有那一次的恐嚇影片。」「你們有能夠具體證明我恐嚇取財三千萬圓的方法嗎？」如此主張就行了。或是卑鄙地泣訴「我無論如何都需要錢啊」也行。考量到我平日過著端端正正的高中生活，這還在蒙混得過去的範圍內。

正是因為如此，那場暴力事件才會很棘手。那樣一個不白之冤就可以改變我所有的印象。

『既然缺乏恐嚇的具體證據，那捏造其他罪行就好了。』她是不是這麼想呢？

這真是一場狡猾無比的作戰。

她那份尚未露出真面目的惡意，向我襲擊而來。

我只能恨自己，看輕她只是個國中生了。

五月十四日晚間十點零八分。

從剛剛開始手機的通知鈴聲就響個不停。原本懷疑情報真偽的人，一個個都反過來責難我。就算想聯絡同學求援也是徒勞無功。他們之中有一半的人在我傳訊息過去前，就自己跟我聯絡了。每個人的說法都一模一樣。「我看錯你了，你還是趕快去自首比較好」之類的。另一半的人則是打定主意徹底無視我了。簡直像是害怕我的言詞一樣。

噁心的汗水害我的衣服緊貼在肌膚上。近來夜晚也頗有涼意才是，今天卻格外地炎熱。路上來來往往的上班族不是捲起了袖子，就是解開了襯衫鈕釦。我到便利商店買了瓶冰涼的可樂，讓自己平靜下來。

不要緊，還有一個方法可以找到榎田陽人。

就在我打算再次繞車站一大圈通過高架橋下時，有人叫住了我。

「啊，你該不會是大～村？」

男人的聲音鄙俗地拉著長音。到底是誰啊——就在我做出反應回頭的瞬間，眼前出現了一個男人動手毆打我。我跟不上突如其來的事態發展，倒在停放在附近道路上的車子引擎蓋上。

我是白痴嗎？現在怎麼能對那個名字起反應。

我為自己的愚蠢感到錯愕，同時立刻起身確認揍我的人是什麼身分。我沒見過這三名男子。他們年約二十歲左右，看起來流裡流氣，一頭亮得亂七八糟的金髮，配上五顏六色的夾克和千瘡百孔的牛仔褲。感覺像是會蔓延在鬧區舞廳的傢伙。三人當中最高大的男子，彷彿像是勳章般亮出自己的右手。他似乎是用那隻手打我的。

這些傢伙是什麼人？

「真是幸運，沒想到真的能遇上你啊。遇到稀有怪啦。」

三名男子帶著不懷好意的笑容包圍著我。已經不可能和平地逃脫了。

「我看到那段影片嘍。大村你去恐嚇了國中生對吧？這樣不行哪，差勁透了哪。」

「而且聽說你現在在跑路是吧？你好像把人打得送醫院，然後在街上逃竄嘛。網路上都在通緝你咧。所以我們這邊收到了消息。」

「就是說啊。這樣的高中生魁梧又骯髒，太容易找到啦。」

男子們你一言我一句地嘲笑著。之後打了我的男子向我宣告：

「所以說啊，也分給我們一點錢吧。三千萬。」

「什麼啊，原來你們是來勒索的……」

我總算明白了狀況。我確實是絕佳的獵物。一個小鬼沒有任何後盾，拿著一大筆錢在街上東飄西盪。而且還是差勁透頂的高中生，無論是殺是剮都不會令人有罪惡感。很適合拿來懸賞。

對這些看來很閒又沒錢，還血氣方剛的小混混來說，是再好也不過的獵物。

不過，這究竟是怎麼回事？

消息擴散得也太快了。

難不成對方一開始就安排好，讓這些不良少年可以立刻出動嗎？緝捕我的包圍網已經完成了。

所以為了慎重起見，我才會詢問他們。從我將社員們統統痛毆一頓的時候起，我所珍惜的事物就已經毀壞殆盡了。我甚至不覺得害怕。已經沒有什麼東西好失去了。

「我說，你們認識榎田陽人嗎？」

聽到我的問題，三名男子都不解地反問。看來對方果然沒有頭緒。事態已經發展到榎田陽人無法掌控的地步了嗎？

「總之啊……」男子焦躁地說道。「快把你手上的錢交出來啦。」

「你們三個……」

對此，我的回覆只有一個。

「全都不及格。」

我話一說完，金髮男子們便同時襲向我。他們似乎很習慣動粗，動手打人時毫不猶豫。對方單手抓住我的頭往車窗撞。不折不扣的暴力完全就是以讓對手受重傷為前提。

儘管如此，還是我比較強。在我的後腦勺撞到車窗前，我以手肘抵住車門撐住了身子，同時稍微給男子的下巴一記上鉤拳。只要能搖晃對方視線，哪怕是爭取到零點一秒的時間也就夠了。我利用車側彈起身體，迅速賞了對方心窩和側腹各一拳。我的手深深陷入對方肉裡的感覺一如往常。雖然我不曾吃過這樣的攻擊，但對中招的人來說，似乎是難受到會翻著白眼痛苦掙扎的地步。

「搞什麼鬼啊，你這混蛋——！」

看到帶頭的男子倒下，後面兩人大聲嚷嚷，同時朝我動手。我的內心尚未湧現恐懼之情。不會感到不安這點，反倒令我不安。身體自然地動著，有如早晨慢跑一般舒爽。

不會吧，我真的抓狂了嗎？

原來一旦自暴自棄，身手就能如此自由地施展嗎？

我原本就認為自己有打架的才能。從我開始從事恐嚇行為時，就有這樣的自信。我能夠在對方行動前迅速進行攻擊，若是面對兩個人左右，我也能同時應付。邊接下一人的拳頭，邊掃倒另一人的腳，將對方摔到地上。和一對一的格鬥技或武術不同，在亂鬥之下仍能大鬧一場的才能。

所以轉瞬之間就變成我在蹂躪這兩名男子。首先拳打男子的胸口和咽喉，隨即迅速攻擊另一名男子的側腹和膝蓋。必要的並非強度，而是正確度。我分毫不差地擊中對方要害，在對方失去平衡之際以踢技擺平他。不給他們一點反擊的空檔，我立刻離開了現場。

這種程度的對手根本不足為懼。

啊，真是輕鬆。我看向身後，三名男子只是在原地呻吟著，沒有力氣追上來。我頂多只有在最初的一拳被傷到罷了。

若只是打架，我不會輸。
最不濟的狀況下只要逃跑，也很少有人能追上我。
並非驕矜狂妄，我是冷靜地如此認為。打架比我強、腳程比我快的傢伙俯拾即是，但絕對沒有那麼多。
所以榎田陽人才會採取這麼迂迴的手段嗎？不是直接襲擊我，而是一點一滴緩緩將我逼上絕境。
情況很棘手這是肯定的。
我慢慢釐清狀況，同時抵達通往車站北口的地下道。我和幾名看似學生的年輕人擦身而過，正想快步通過。
沒錯，就算打架本身我能贏，更重要的是——
「！」
這次是一股劇烈衝擊加諸在我的側面上。我又被猛力推擠了出去，撞向自行車停車場。我的上衣掀了開來，踏板和龍頭上的細小金屬零件刮著我的背。
我抬起頭，看到和方才相似的男子站在眼前，然後驕傲地說著：「看你的長相，你是大村對吧？」
即使打架本身沒什麼大不了，但在街上被毫無瓜葛的陌生人攻擊實在會令人心驚肉跳，不寒而慄。

啊，這些傢伙怎麼不統統去死算了。

我狂奔在街道上。

我陷入了糟糕透頂的負面循環中。要是大鬧就會引人注目。打輸我的傢伙會心生不滿地呼朋引伴，不然就是目擊者會繼續發文到社群網站或是報警。漸漸失去夥伴的我，這次則是漸漸樹立敵人。親手剷除迎面而來的敵意，實在沒完沒了。

逃到市中心實在太危險了。我大多都是在遠離車站的地方奔跑，然後在高架橋下的陰暗處屏息以待。我一邊眺望著疾駛而過的電車，一邊在無人的停車場裡調整呼吸後，再次回到車站。

我魯直地重複這樣的行動。

不斷反覆著。

已經沒有任何人站在我這邊了。

有一次，兩名警察趕到了鬥毆現場。我自然是以全力逃亡。他們平常就有在鍛鍊身體，也具備追捕犯人的直覺。我得再次橫越超速的車輛來來往往的國道才逃得掉。我悠然地將護欄當作田徑場上的跳欄般跨越，一鼓作氣地衝到對面。卡車稍稍擦到我的右手時，真的讓我捏了把冷汗。我手上出現了一個烙印般的瘀青。很明顯的，要是繼續這麼魯莽下去，總有一天我會小命不保。

逃離警察追捕後，我隨即前往服飾店買了新的衣服，再潛入街上。

幸好榎田本身似乎不想把我交給警方。若她真的想那麼做，不需要將這些欲加之罪安在我身上，偷偷去報警就好了。

恐怕她不希望讓事情那麼簡單地落幕。是想徹底折磨我一頓，等我罪大滔天之後再逮捕？還是想親手制裁我？

這傢伙的興趣真低級。我絕對無法跟這種人當朋友哪。

我笑著重新回到街上。在遇襲的同時持續逃脫著。

畢竟我所能做到的就只有掠奪。

其他什麼也辦不到——

✝

我確實有恐嚇別人。我從六名國中生身上，勒索了共計三千零二十三萬圓的錢財。

現在在社群網站和街上引發騷動的影片是貨真價實的，所以觀眾才會感到恐懼，進而輕蔑我，鼓譟起來。不曉得是基於正義感、對金錢的執著，抑或是消除壓力，理由各有不同，但都讓他們不予追究攻擊我的罪行。

回想起被錄下影片的那天，我就有不好的預感了，所以印象很深刻，能夠明確地回憶起來。地點是在橫跨車站南邊河川的橋梁下。支撐著一座都市的河川非常重要也是原因之一，總之除了部分區域外，這裡周遭都架設著圍欄，禁止進入。要靠近那裡得走上一公里才行。

我們就是待在這個本應不該接近的地方。因此周圍沒有其他人影，來到附近散步的人也看不到我們。橋梁完全遮蔽了陽光，頂多只能讓我勉強看清北崎的表情。

北崎十分害怕。他低著頭，視線不斷飄移，戰戰兢兢地開口說道：

「今天……有什麼事……？」

「沒什麼，只是在想你最近過得好不好。上學開心嗎？」

我溫柔地微笑道。不過北崎的表情依然僵硬。

「普通啦。讀書讓人提不起勁，社團活動也很累人，不過還算開心。然後……」

「什麼？」

「不，沒事……」

我笑了。因為我理解到北崎想說什麼了。

「……你想說『和夥伴們的關係還是一樣糟透了』對吧？」

指摘這點的效果奇佳無比。北崎顫抖著雙唇，滿臉通紅地看向我。我說中了嗎？

我繼續滔滔不絕地說道：

「我想也是，近來你一直都是一個人過嘛。明明至今你都會和夥伴們一起去電玩遊樂場或是服飾店呢。感覺超寂寞的，我很同情你喔。原本應該每天都過著平穩的日子才對。這樣的生活無法成立還真是有點煎熬呢。」

「你以為是誰害的……」

每當我出言嘲諷時，北崎緊握的拳頭就會不住顫抖著。像是要停下震顫不已的雙唇一樣，他緊咬著嘴唇瞪著我。

我說出「是誰害的呢？」給他最後一擊時，北崎大吼出聲了。

「這全都是你這傢伙的錯啊！」

一直都沒變。從和我相遇的時候起，北崎就是個直來直往的單純傢伙。和我是同一種人。所以加以挑釁他就會隨便動手。而且他又會高高舉起拳頭，攻擊顯而易見。

我往旁邊閃躲北崎的拳頭，同時直接以左手給了他的心窩一記反擊拳。雖然我並未使力，但北崎來勢洶洶，結果導致我這拳打得比想像中還深。

北崎發出不成聲的呻吟。他踉踉蹌蹌地彎起身子，於是我進一步對他的後腦勺施以肘擊，將北崎打倒在地。

「你這人真沒常識，不能隨便動手打人吧。」

我整理著凌亂的制服，同時俯視著北崎開口說道。

「不過我勉強成功進行了正當防衛就是。要跟你索賠五萬圓喔。」

當然，我不會這樣就放過他。不然就沒有叫他過來的意義了。

「還要進行懲罰。你幫我從那批人當中指定一個，我也要向那人索賠。」

「請你別這樣……」

趴倒在地的北崎終於開始回話了。他的聲音聽來像是死人一樣，毫無方才的氣焰和活力。他按著腹部，淚眼汪汪地瞧著我。

「對不起，大村學長……我一時忍不住怒火中燒。我會付錢的，拜託你不要懲罰他們……」

「莫名其妙。」

我把話分成一個一個段落告訴他。

「不行。『我要你』『親口』『指定一個你覺得可以跟他拿五萬圓的人』啦。」

「怎麼這樣……」

要是他們連成一氣就麻煩了。我至今一直致力於徹底破壞被害者們之間的友情。無論受到恐嚇的對象再怎麼聲淚俱下地泣訴，我也只會冷酷地要脅對方，讓對方聽從我的命令。北崎一臉痛苦地說出了雨宮的名字。

之後我真的從北崎手中搶來了五萬圓這麼一大筆錢，然後隨即離開了現場，避免被人瞧見。我若無其事地將手裡的五萬圓塞進口袋裡。

我也覺得自己真是差勁透頂的人。

正因如此，我的另一面絕對不能被別人發現。

三番兩次對年幼的國中生拳打腳踢，威脅他們交出財物。利用他們之間的友情，逼他們進行許多次殘酷的遊戲。我不斷反覆地支配著他們，直到他們最後死心地放掉那把為了殺我而緊握的凶器。

隔天再面不改色地上學，和同學或社員談天說地。午休玩手遊打發時間，社團活動總是和他人比賽成績，回家的路上則是被人調侃和江守之間的關係。到家後會和真的很要好的朋友在社群網站上玩得歡天喜地——到了晚上，又開始計畫下一次的恐嚇行動。

我持續琢磨著使一切屈服於我的暴力，成立三千零二十三萬圓的勒索行為。

五月十四日晚間十一點十六分。

離開江守家之後過了將近一個小時。

僅僅一個小時內，我就被七組人馬侵襲了。

雖然並非直接下手攻擊，有許多人是用手機在拍我。一旦被人看到鬥毆的場面，就會有好幾成的人匆匆忙忙地試圖在有段距離的地方拍照。他們將會完全無視肖像權的存在，在社群網站上散布那些照片吧。稍微搜尋一下，網路上把我說得像是通緝犯或殺人魔一樣，討論得很熱烈。好幾個部落格都提到了這件事，逗趣地公布著照片。

我在半路上看到了田徑社員們，不過在他們發現之前就逃走了。要是他們拿出真本事追著我跑，我就沒有勝算了。除非動用武力。

這場大逃亡的戲碼讓我千瘡百孔，全身上下滿是挫傷、擦傷和割傷。但我還沒有被逮到，也沒有輸給任何人。不管榎田陽人究竟想搞什麼鬼，我的內心仍未受挫。

我一屁股坐在地上，做了個深呼吸。

潛伏在無路可逃的卡拉ＯＫ或咖啡廳也令人害怕，所以我衝進了某間大型飯店的地下停車場。冷冰冰的日光燈，照亮著感覺停放得下近百輛車子的寬闊空間。這個地點頗令人放心。不但沒有人會靠近，能夠躲藏的地方也多得跟山一樣。雖然有裝設監視器，但警方也不會認真搜索到調閱影像的地步吧。最難搞的，還是那些基於好奇心和正義之名襲擊我的老百姓。

我躲在散發漆黑光芒的進口車和白色家用廂型車之間稍作喘息。我用指甲摳了摳輪胎，嗅了嗅橡膠附著在手指上頭的特有氣味。我對自己的行動感到錯愕，這樣簡直像是動物園裡頭的猴子一樣。

還得付出多少犧牲才能見到那傢伙呢——可惡，我的腦袋不是特別靈光啊。

就在我思索著如何突破僵局時，一名男子從飯店出入口走了過來。原本以為他是停了車子在這裡，結果一看發現不知為何他筆直地朝我接近而來。就像打從一開始就知道我躲在車子間的陰暗處一樣。

「晚安你好。」

我正想拔腿就跑時，男子溫柔地對我微笑道。他的身材嬌小，大約只有一百六十公分左右。年紀看似不小了，將近四十歲。臉上明顯帶著疲憊，還有鬍渣。

男子身上穿的是不足為奇的西裝。焦褐色領帶微微歪掉了。

「你在這裡做什麼呢？」男子笑道。他的聲音比想像中低沉。

「沒什麼……只是在等我朋友。」我以事先準備好的藉口回應。「他忘了東西，回房間去拿了。」

「喔……忘了東西是吧。我也常常將家裡鑰匙忘在房間裡。沒有什麼東西比起自動門鎖更恐怖了呢。」

「嗯……」

「在公司忘掉的時候更是無語問蒼天呢。部門裡沒有人在，和客戶約好的時間又一分一秒逼近，沒有什麼情況比這更急死人了。」

「真是辛苦……」

我們聊著一點都不重要的事情。在這種緊要關頭，我根本沒空搭理他。

男子接著以憂慮的表情喃喃說道：

「那是——你的朋友嗎？」

男子將視線從我身上移開，眺望著入口。是誰在那裡？絕對不可能是我認識的人。我也被男子影響，不由自主地往同一個方向望去。但我的角度有車子擋住，什麼也看不到——取而代之的是，有某種東西在我的視線一角閃閃發光。

我反射性地推開男子。一把瑞士刀在我的眼前彈飛。刀尖擦過了我的上臂，連忙躲避的我不禁一屁股坐在地上。

「哎呀，真虧你發現得到呢。」

瞧向和我一樣坐在地上的男子，我確信自己遭到攻擊了。開什麼玩笑。要是我沒反應過來真的就要送命了。在他出手前，我完全沒能感受到惡意。

這傢伙很不妙。感覺不太對勁。

從他空虛的雙眼中感受不到絲毫生氣。但又像是發現獵物的獵人一樣，帶著彷彿樂在其中似的笑意。

他和方才那些交雜著好奇心的小混混不同，帶著明確的殺意。

我立刻選擇逃脫。他絕不是可以正面應付的對手。而且說到跑步，我應該不會輸給他。這個瞬間，加入田徑社讓我打從心底感到放心。

我一瞬間回過頭去，結果看到男子揮著手說道：「下次再見嘍。」

我不懂為什麼連這樣子的大人都來纏著我。這也是榎田陽人在搞鬼嗎？

我穿過車輛專用的出入口，隨即來到外頭。那男子沒有追過來的樣子，但我還是拉開了距離，不想靠他太近。有個外國人一副很不可思議似的眺望著慌忙從車輛出入口跑出來的我。我瞪了對方一眼，再次前往雙子星塔斑爛璀璨的車站方向。同時對自己身上產生了新的傷口感到焦躁。

前方有大量的上班族走了過來。大概是酒會完之後要再去續攤吧，每個人的臉都紅通通的。

我咂了個嘴，在和他們擦身而過前爬上天橋。

「……得趕快找出來才行。」

我已經無法分辨誰是敵人，誰是不相干的人了。才以為自己突然被一個國中女生誣陷，結果卻被警察追捕，在街上被年輕人攻擊，還被陌生男子拿刀劃傷。我卻絲毫沒有接近事件關鍵榎田陽人的感覺。

但是這樣也無妨。

因為我在尋找的，並不是她——

於是就在我正好盼望著他時——那傢伙從天橋另一端現身了，簡直像是早就知道我會來這裡一樣。

那是不久前襲擊我和江守的黑衣男。

我剛好走到天橋的正中央。只見他悠哉地漫步而來。儘管沒有行人，眼下的路上如今仍有相當多車輛來來往往。那些駕駛看到我們一定覺得很奇怪吧。

我還是看不到他的表情。男子的打扮和方才無異，一身黑色運動服和手套，然後戴著像是電影裡的歹徒會戴的漆黑頭套。

我終於見到他了。

我成功逃到這兒來了。

「八成是榎田陽人在短時間內召集了好幾個人來協助她吧。」

我喜不自勝，率先開口說道。

「畢竟襲擊我的人實在太多了。她在事前做好了重重準備，好讓情報能夠有效率地在網路上和混混集團之間傳播，並且煽動他們。不過這步棋下得不好。像這樣接二連三地遭遇襲擊，我終究會找到認識榎田陽人的人物。」

我對著沉默不語的男子繼續說道：

「所以那個小姐將會走向破滅。就連我恐嚇的真相都看不穿的小女孩，今晚會在內心留下深深的創傷，發狂似的哭喊。」

我架起拳頭，做出今天不曉得是第幾次的戰鬥姿勢。

「你也是協助她的其中一人吧？」

這句話代替了鐘聲響起。

頭套男朝我衝了過來，勁道和至今襲擊我的人無可比擬。我一個晚上被十來個人揍過，他的攻擊比那些人都要來得犀利。

所以我決定誠摯以對。我用右手抓住對方伸過來的右拳，直接一個左迴旋將左肘撞向他的側腹。這是武術中所看不到的華麗轉身攻擊。之後我掃倒他，讓他豪邁地摔倒在地上。

他自身的勁道加上我肘擊的威力，頭套男發出絕對不算小的聲音重重撞上地面。

儘管如此他依然想即刻起身，於是我毫不留情地給了他一記迴旋踢。雖然擦過了天橋扶手，踢擊仍狠狠地踹飛了男子的下顎。他不知何時握在手中的警棍也脫手而出，掉到天橋底下去了。警棍撞擊水泥地，發出響亮的聲音。

吃了兩記大招，男子隨即失去了抵抗的意志。所以我游刃有餘地靠近他，只注意不要被他張口咬到，同時剝下他的頭套。

那張臉是我認識的人。

「果然是武田社長啊……」

不惜採取暴力手段也想阻止我的人物。

那就是瀧岡南高中田徑社的社長。

也是我最信賴的人。

「音彥……你……」

「你都發現了吧？畢竟我以前跟你商量過呢。無論是我所期望的平穩生活，或是進行恐嚇的理由。」

但這種事情不重要。

這個人背叛了我，協助榎田陽人，所以才會攻擊我。

「更重要的是，你知道榎田陽人在哪裡吧？請你老實地告訴我。」

接連遭逢不幸的我，意外地獲得了這份幸運。

了結一切的時候正步步逼近。

晚間十一點的告白

從我參透大村音彥的恐嚇系統如何運作時，就決定隱瞞自己的本意助三澤他們一臂之力。這三個星期我以他們夥伴的身分盡心盡力，就為了打倒大村音彥。

我假裝教男生們幾招簡單的劍道招式。我們在杳無人煙的河岸以接近實戰的形式對打了好幾次。這是為了讓我適應並非比賽的戰鬥。然而以北崎為首的男生，都認為是我在訓練他們。

女生們則是負責編輯要公開的影片，以及努力找人協助一起散布大村音彥的消息。這方面我不太擅長，幾乎都是放手交給她們處理，不過畢竟是計畫的核心，我找到空檔也會加入她們。

坦白講，要說不開心是騙人的。

男生們意外地有毅力，無論被我打倒幾次依然爬起來，轉瞬間就學會了如何打鬥。「想保護某人」這種少年漫畫般的熱情，在我看來十分耀眼。女生們則是讓我了解了陌生的世界。舉凡化妝、最新的甜點，甚至是夜晚的娛樂場所，尋覓著可靠之人的同時，我淨是體驗著這些未知的事物。

三澤和安城也開始會在教室裡和我攀談了。我原本單調不已的校園生活接連了產生變化。

堪稱戲劇性的變化，無一不令我感到雀躍。我在和三澤他們相處的這三個星期，發現了喜悅。

然而，我們不被允許團結起來。我們永遠都會是兩條平行線。

大村音彥在恐嚇行動中暗藏了這樣的機關。

✝

五月十四日晚間十一點零三分。

感覺廢棄大樓前的交通流量變得愈來愈少了。在這座城市裡，夜深人靜之際車輛依然川流不息的地方，頂多只有連接到車站大樓底下的大馬路吧。沒有人會留心在這種寂寥的大樓上面。

真是美麗，雖然很無謂。

這間房被提燈釋放的暖色光源所照亮，呈現出莫名夢幻的風格，非常適合情侶在這兒談情說愛。沒有任何多餘之物這點也很棒。就像我的房間一樣。房裡有扇占了一整面牆的大型落地窗，一望向那兒就看得見雙子星塔的底部。不論什麼時候看，它的照明都散發著暗紅色光芒。

和我本身激進的行動相反，我差點陶醉在眼前這片超脫現實的光景之中了。不過，我的行動配不上這麼美麗的地方。我正在審問著同學，將警棍抵在三澤的臉頰上。

「回答我呀。」我重複了一次相同的問題。「恐嚇齋藤由佳的人真的只有大村音彥而已嗎？」

「妳在說什麼傻話……這樣很危險耶。」

三澤語帶顫抖地回話。我並沒有漏看她臉頰滲出的汗水。

「小看我也該有個限度。我要妳……清楚……仔細地……回答我。」

「那妳先放下警棍！」

「少說廢話。」

面對三澤尖銳的怒吼，我只是低吼般地說道。

三澤的聲音果然很刺耳。

我煩躁地瞪向安藤，於是她肩膀一顫，低下了頭。是怎樣，妳這傢伙打算撇清關係嗎？這些人真無情。我絕對不會讓你們脫身的。

那種事情——我絕對不允許。

「老實說，我很不爽。你們含混帶過了一些情報，單方面地貶低大村音彥——自以為順利地把我操弄在手掌心上是嗎？」

「妳在說什麼呀……？」

「我說呀，我有好多疑問。像是『堅決不報警』、齋藤由佳為何會和交情不怎麼樣的你們混在一起，還有大村音彥的恐嚇行動為什麼從未洩漏出去。我有一個可以解決這些疑點的假設。應該說，事實昭然若揭了。」

「什麼……」

三澤拚命地想要轉移話題，讓我的忍耐逼近極限，口氣愈來愈差。

「那還用說。你們已經沒救了，同樣需要接受制裁。」

「榎田，妳冷靜點！好嗎？有什麼不滿我可以聽妳說。」

「我已經察覺這個令人噁心想吐的真相了。」

我將內心情緒一股腦兒地傾洩而出。

「是你們五個人在恐嚇齋藤由佳。這起事件並非單純的恐嚇。大村音彥恐嚇你們，而你們恐嚇齋藤由佳——是雙重恐嚇。」

我看得出來，聽見我所推論出的答案，三澤他們的表情明顯改變了。他們像是呼吸中止一般張大了嘴，痛苦地漲紅了臉。

「什……這怎麼……可能……呢……」

三澤口中勉強擠出這句話來。

她的反駁相當空虛，毫無邏輯可言。

「我想也是呀，正常一般都會否認的。你們不可能承認自己也有進行恐嚇。這個事實絕不能走漏出去，所以你們才會遲遲不跟警方或大人商量。要是大村音彥的恐嚇行為東窗事發，你們的惡行自然也會攤在陽光下。」

我如此逼問，於是現場陷入了好一陣子的沉默。眾人皆默不作聲的廢棄大樓，迎來了真正的寂靜。這個沒有電器用品和蟲子的空間，讓沉默更為凝重了。

三澤明明紅著一張臉，一副隨時都要大喊出聲的模樣，不知為何卻僵在原地。安城只是反覆握緊又放開自己的頭髮。她們的視線都從我身上移開，打算默默地熬過去。我很想怒罵她們「給我差不多一點」。

在我出言威嚇前，下定決心般開口發言的人，出乎意料地是平時很溫順的安城。

「妳說對了。」

她往前走一步，堂堂正正地與我正面相對。

「嗯，妳說的是正確的。我們確實有跟齋藤由佳敲詐。」

「明明就還能推託過去……妳決定老實認罪了是吧。」

「我承認。榎田，妳真的好厲害，全部都被妳發現了。應該不是齋藤一五一十地對妳說的吧？」

「住口，什麼都別提。」此時三澤慌慌張張地制止安城。但安城搖了搖頭，繼續說下去。

「澤澤，我們還是坦白一切比較好。都被懷疑到這個地步，已經搪塞不了了。」

安城以右手制止三澤，同時以莫名溫柔的視線凝視著我。

「榎田說得沒錯，這是一場雙重恐嚇。我們平均每個人都從齋藤身上強取了好幾百萬圓。我記得自己拿了多少喔，是四百六十五萬圓吧。我們拜託男生要脅齋藤，跑到她家說『敢不聽話就扁妳』喔。」

「妳……」

「可是這也沒辦法呀。畢竟大村音彥這個男的像怪物一樣，讓我們完全無法湧現反抗的意志，只能乖乖準備錢了。不惜任何骯髒手段。所以我們輪流去威脅齋藤。不管是北崎、澤澤、阿宮或是阿原，每當大家被大村音彥要脅時，就會去敲詐齋藤！齋藤——她就是我們的自動提款機。」

雖然她語氣平淡，不過說出口的內容非常偏激，令人渾身寒毛直豎。

為什麼這傢伙有臉講得這麼堂而皇之？

「妳冷靜點，榎田。我們有權利收下這筆錢喔。」

「妳說權利……」

我邁步逼近，揪住了安城的領子。

「愚蠢透頂。你們又做了什麼值得三千萬——」

「這是社交費喲。」

安城直視我的雙眼露出微笑。

「那才不是什麼恐嚇，而是社交費。我們會跟齋藤做朋友，相對的她要付錢。」

我徹頭徹尾無法理解人渣的言行舉止。

「…………………………………妳在講什麼東西？」

「就說，這是為了獲得和我們交朋友的權利而付出的代價。不會在教室受欺負的權力、搭話時不會遭到忽略的權利、參加班上慶功宴的權利、幫我們做值日生的權利，還有以每週支付一次作為條件，能夠和我們一同上家庭餐廳或是卡拉ＯＫ的權利。我們收下的錢就是那些事情的回饋。」

「……齋藤乖乖地吞下那些條件了嗎？」

安城搖搖頭，一臉無可奈何，像是在告誡講不聽的孩子般回答道：

「齋藤買下了不被男生們毆打的權利喲。」

「你們……你們……你們……你們……」

我的思考跟不上她的邏輯，不斷反覆著同一句話，想不到接下來該說什麼。我的腦袋漸漸變得一片空白，腦中某種東西一條一條地斷裂。

「等一下，榎田。」

三澤抓住我的肩膀說。

「我們確實承認自己恐嚇了齋藤，但一切的始作俑者都是大村音彥吧？安安講得有點太過火了。妳想想看，要是大村音彥沒有恐嚇我們，我們也不會去要脅齋藤。妳要生氣也等解決掉大村之後吧？」

「為什麼……」我呻吟道。「那麼，為什麼齋藤會協助你們的計畫？為什麼沒有告訴我真相……？」

「這都是為了打倒大村音彥，齋藤全都同意嘍。畢竟她的財產也不是無窮無盡的，我們也不希望每次恐嚇都挨揍。摧毀這座地獄的條件，只有除掉大村音彥才行。所以我們計畫讓齋藤跟警方作證，說所有的被害損失金額都要直接跟大村音彥討。」

「你們這些人！竟然拜託自己狠狠折磨至今的人協助你們嗎！」

「要對抗大村音彥，沒有其他方法了吧！」

三澤咆哮了一陣，隨即尷尬地低下頭去。

「當然，我們有跟她說好了……」她語帶嘆息地說道。「打倒大村音彥後，我們就不會再跟她收取社交費了……」

什麼鬼話！這種事情是理所當然的吧，根本不需要約法三章！

『要是這起事件成為契機，讓我和三澤他們變得要好，不曉得該有多好……』

我回憶起齋藤說過的話。她究竟是基於什麼樣的心情吐出這些話的呢？

不，不對。齋藤是不得不和他們合作。無論三澤這個人再怎麼混帳，想要對方停止恐嚇自己的行為，就只有聽從她的命令這條路。除了指證自己「只有被大村音彥恐嚇」之外別無他法。就某種意義而言，這是唯一能從三澤手中贏回正常生活權利的行動。

三澤他們的道德感，已經薄弱到無可救藥的地步了。

「這手段真是差勁透了……」我呻吟著說道。「這就是大村音彥的手法對吧。同時讓恐嚇的被害者成為加害者——雙重恐嚇。」

我的呼吸開始紊亂。

「所以事跡才不會敗露……遭到恐嚇的被害者自己打算堅守祕密。細心注意，在避免任何人發現的情況下付錢出去。就像是大村的手下一樣進行著恐嚇。而最慘的被害者是一名獨居的富裕國中生。五個人聯合起來操控著她。」

大村音彥的能力並不僅是有如怪物般的暴力，他貨真價實地利用著恐懼支配著被害者。讓他們背負罪孽，避免洩漏口風。

恐嚇事件會東窗事發，大致分為兩種模式。除了被害者控訴，再來就是被害者為了籌錢採取的行動。既然身為被害者的三澤等人也成了加害者，那麼事跡從他們口中洩漏出去的可能性就很低。而這些被害者並未出外扒竊，只有從齋藤由佳身上拿錢，如此一來犯罪果然不容易見光。究竟有多少人能夠察覺，加害者和被害者攜手合作共同隱匿祕密的恐嚇行為呢？

三澤苦苦哀求道：

「我為我們對齋藤的所作所為道歉，但這也是無可奈何的呀。我們沒有錯。所以拜託妳和我們合作，一起打倒大村音彥！妳就當作是拯救齋藤，幫幫我們！」

可是，儘管如此，我還是——

「……我早就知道了。」

「…………咦？」

「我是第二次聽到你們的惡行了……」

我一鼓作氣地逼近三澤身邊，順勢一棍子掃在她的臉頰上。

「你們這些混蛋，全都給我淌著鮮血去死吧。」

她的身體輕易地倒向地面。她的頭大概是破了，血花在空中飛舞。三澤靠到人在附近觀看的安城，她發出了尖叫。

我讓警棍在手上轉了一圈，之後重新用雙手握好。我的身體果然還是比較適應這種握法。

「啊，不管聽幾次都令人不快。感覺靈魂都被玷汙了。這是第二次了，第二次了！北崎也跟我說過一模一樣的話，一字一句如出一轍！」

安城跳了起來，背對著我飛馳而去。但她的起步速度和我沒得比。地面和鞋子響起摩擦聲，我一口氣靠近安城，然後狠狠地用警棍毆打她的側腹。當她失去平衡時，我再從上段給她的肩膀一記攻擊。

我並未繼續保持警戒，而是立刻採取下一步行動。要把武道的規矩帶進打架裡都讓我感到厭煩。

取而代之的是，我抓住跪地倒下的安城的脖子，拉向自己再以棍柄毆打她的鼻尖。慎重起見似的毆打了好幾次。我第一次體驗到什麼叫作鼻子骨折的感覺。和敲碎蛋殼沒有什麼兩樣，意外地索然無味。

安城不再呻吟後，我放開她的脖子。她便像是斷了線的傀儡般倒向地面。

於是我聽見後方有人在大叫。是三澤。她一邊慘叫，同時朝我襲擊而來。不過這種破綻百出的捨身攻擊，沒有道理贏得過手持武器的人。我踏出一步，在遠比她出拳的速度還快許多的狀況下，施展一記正擊面。警棍像是被吸進去似的刺中三澤的腦袋，她當場倒了下來。

「噯……噯……這是……怎樣……」

頭破血流的三澤哭著問道。

「榎田妳要拯救齋藤對吧！怎麼可以攻擊夥伴呢！」

「妳口中的『夥伴』真的包含齋藤由佳嗎？」

妳為了保護夥伴，恐嚇勒索了齋藤由佳吧？

妳為了拯救夥伴，強迫齋藤由佳說謊了吧？

你們毆打、要脅，不斷從她身上強取豪奪。這樣的你們，沒有能夠制裁大村音彥的正義。

「但我自有分寸，畢竟我也不是白痴。很簡單，我會找機會幫妳們叫救護車。要是有人問起，妳們一定要指控是『被大村音彥打的』。」

這場作戰就是如此，簡單至極。

把罪行賴在大村音彥頭上。一句話就足以說明的單純計畫。攻擊北崎等人那時，我也對他們下了同樣的命令。

「咦……？」

然而三澤似乎無法接受的樣子。安城也按著鼻子，怯怯地看著我。

「為什麼我們非得幫妳不可……妳這個叛徒……」

「那麼，妳們做出正確的指控又有什麼價值？對妳們有利嗎？若是我遭到逮捕，我會一五一十地向警方供出你們恐嚇的罪行。而且大村音彥也頂多只會被逮捕，他馬上就會回到你們身邊。在連我都與你們為敵的狀態下。」

至少狀況絕對不會好轉，只是能夠放逐原本站在自己這邊的人罷了。而且還被抓著小辮子。

正因如此，我才笑得出來。

現況實在太過完美了——

「妳們只要做出『是被大村音彥打傷』的控訴即可。北崎他們也選了相同的道路。如此一來，大村的罪就會變得更重，能夠把他關進感化院很長一段時間。反之，若妳們想指控『我打傷了妳們』，我也會控訴妳們的恐嚇行為。當然，妳們剛剛的證詞我統統都錄下來了。」

我用大拇指戳了戳收在胸前口袋裡的手機。

「但妳們放心吧……我會重挫大村音彥，就靠我一個人的力量讓他迎向破滅。」

我暫且將警棍拋到空中再接住它，然後對三澤投以微笑。

三澤聽到我的宣言放鬆了表情，露齒一笑。一直緊繃的雙肩也放了下來。

然而當我再次雙手握持警棍的瞬間，三澤的臉色唰地慘白一片。或許她發現我的提議帶有什麼樣的意義了。

「妳是開玩笑的吧……？」

「我很認真。我告訴妳北崎他們的末路了吧？」

我稍稍揮動警棍，然後往三澤那邊靠近一步。

「沒錯，妳們別無選擇，只有作證說『是被大村音彥打傷的』這條路。不論再怎麼被我痛打，骨頭斷裂、鮮血狂噴、大哭大鬧、在心底懺悔都一樣。為了避免讓自己的罪行曝光，妳們不能指控是『我做的』。」

說完這番話，我便動手毆打三澤。警棍即將碰到右手的瞬間，三澤大喊了一聲「拜託不要」，但我怎麼可能停下來。這傢伙曾經聽進齋藤的懇求嗎？我連同她的手，將三澤整個人揍飛了出去。感覺這下確實打到骨折了。

但我的身體已經停不下來了。我使勁力氣揮動警棍，給她一記又一記攻擊。管她皮開肉綻還是粉身碎骨，我都不會手下留情。倒不如說，做得狠一點比較容易逼死大村音彥吧？當然，我要打的人不只有三澤。面對拚死逃竄的安城，我也同樣給她一記記認真無比的攻擊。

委身於憎恨當中的我，對她們宣告：

「再怎麼可恨都無法反抗——妳們同樣嘗嘗齋藤由佳體驗過的地獄滋味吧。」

我停下了思考，不再去在意瑣碎的細節。在我尋思時，發現只要在我的內心潰堤之前，將這幫人統統打個半死就好。

在不會有人登門造訪的廢棄大樓樓層裡，我投身於暴力當中，直到體力消耗殆盡。

✝

我想當個特別的人。

無論在什麼樣的場所，無論活在什麼樣的集團當中，都絕不會搖擺不定的自己。

為此我才會像這樣不停掙扎著。

或許是巧合，她正被一群精神腐敗的人團團包圍著。就連我本以為是班上風雲人物的人，都不斷地在恐嚇齋藤。所以我不能夠埋沒起來。周遭的人若是要輕侮她，那我就挺身當她的夥伴。別因為無聊的同儕壓力而埋沒自己的正義感。

我發現了齋藤由佳身處於何種地獄之中。那裡並沒有一同對抗大村音彥的夥伴。連那些同學都像是大村的手下一樣恫嚇著她，有如連環地獄。

而我同時又知道了另一件事情。齋藤在這種情況下還在擔心我，不希望我被捲進這場紛爭中。比起遭受恐嚇的自己，她選擇保護我不受她牽連。她完全沒有告訴我自己被人恐嚇一事。我和她絕對算不上是好朋友。

然而——當我拋棄齋藤由佳的那一刻，我一定再也無法喜歡自己了！

我將會迷失掉，那個長久以來一直珍惜的自己。

所以，我選擇了制裁的未來。

五月十四日晚間十一點三十五分。

我停下了施虐的雙手。

畢竟持續在揮動著鈍器，體力消耗得很快。以和劍道大相逕庭、亂七八糟的架式來揮就更不用說了。我在最後拿警棍戳了戳三澤，要她把臉朝向我之後，問道：「妳是被誰打成這樣的？」三澤一瞬間咬緊了嘴唇，不過立刻無力地喃喃回覆道：「……大村音彥……」

我將行凶的警棍丟在現場，找塊離橫躺在地的三澤稍微有點距離的地方坐了下來。不歇口氣我實在動不了。冰冷的地板降低著我的體溫。

我拿出手機確認時刻。還有時間。我決定撥個電話給齋藤，先不要直接休息。

她響了一聲就接起電話，讓我不禁微笑。

「怎麼了，在執行這種計畫的當中打來？」齋藤擔憂地問道。「是要跟我做愛的告白？要求婚？陽人，這樣很像死亡旗標，拜託不要說喔。」

明明是這種時候了，齋藤的玩笑卻這麼開朗。我用衣服下襬擦掉噴濺到臉上的血，忍不住面露笑容。

但只有那件重要的事情我非說不可。

「齋藤，妳遭到三澤他們恐嚇了對吧？」

「…………」

齋藤屏息的聲音微微從話筒傳了過來。

「妳發現了呢……對不起，我又瞞著妳了……嗯，這是事實。同班同學在跟我勒索錢財……」

「真的糟透了。我得跟妳道歉的事情一直在增加。」

「妳是為了告訴我這件事才打來的嗎?別擔心,我怎麼可能怪妳呢。」

「我懲罰了所有人。」

我打斷齋藤爽朗的話語,這麼告訴她。

「剛剛北崎他們被打到得住院一陣子,這件事是我幹的。三澤她們現在也血流滿地倒在那裡,悽慘到根本電視禁播的等級。」

「咦……?」

「是我一直痛毆她們導致的,但妳別在意。作戰變更,我要將自己所有的罪行全都推到大村頭上,所以妳先繼續按兵不動。」

「陽人,妳知道自己在說什麼嗎?」

「真是諷刺,我剛剛也想對安城說類似的話。」

我當然很清楚自己做了什麼、想做什麼。

「拜託妳……不要做這種事情。」

「但要是不這樣,那些傢伙不會注意到自己的過錯。」

「可是…………這不構成陽人胡來的理由!求求妳冷靜下來!感覺妳現在很不理智

呀。妳在哪裡？我馬上過去。」

「別過來。那樣太冒險，而且妳在這裡也只會礙手礙腳。」

「可是妳現在已經自暴自棄了！我們是為了盡可能避開危險才擬定計畫的吧？假使沒有成功誣陷大村怎麼辦？」

齋藤在電話另一頭大喊著。她還是第一次發出這麼大的聲音。

「劍道大會也快開始了吧？我知道妳都努力練習到很晚！因為我一直都在等妳！所以算我求妳……拜託不要獨自一個人和大村音彥作戰……」

「妳的立場真的始終如一……就算不斷遭到班上同學恐嚇，也絕對不願讓我牽涉其中。」

我甚至覺得，根本到了腦袋有問題的地步。

齋藤開口阻止讓我很高興，但這並不只是為了她。

「由佳，這也是我的問題喔。」我直呼她的名字。「我原本就是那種人。我是在人際關係會反覆重置的環境下成長的，所以——自己必須維持堅定不移。不與人為伍、聰明又強悍，然後還要喜歡自己，得成為獨樹一格的人不可。因此我才會挺身而戰。」

我明白，這只是我自顧自的廉價自尊心。

不過，齋藤由佳喜歡這麼任性的我，而且還拚命想讓我遠離危險。我只想要保護這樣的她。

「不錯，從旁人的角度看，這可能不是什麼大不了的理由。我充其量不過只是個局外人罷了。但那一點都不重要。我知道了有個緊緊黏著我的人在受苦，光是這樣的契機就十分足夠了。我不是個會拋棄妳而滿意得眉開眼笑的人。」

即使思想和手段本身是虛假的，不是正確的，被人嘲笑也無妨。

我對齋藤由佳只有一個期盼。

「噯，老實跟我說吧。我已經把內心話全盤托出了，但還沒聽到妳的真心話。妳當真一點希望我救妳的居心都沒有？」

「這……」

「很痛苦的話，說出來不就好了？老實告訴我呀——妳希望我怎麼做？」

我吐露出內心所有想法。

「妳別再忍耐了，我什麼都可以幫妳實現。我和妳已經是本人公認的朋友了吧？」

下個瞬間，由佳呻吟著一些聽不懂的話語。透過電話看不見她的表情，但不知為何我看得見她眼淚撲簌簌地流下來的樣子。由佳的抽泣聲連綿不絕，最後終於放聲大哭。

「這還用說嗎……」

她的聲音透過電話傳了過來。

「但我要是告訴妳，妳一定會被捲進來的。那樣會受傷呀……我好不容易才交到妳這個朋友……」

「沒關係的。」

「……我希望他消失。」

明明聲音涕淚縱橫，我卻莫名地聽得一清二楚。

「陽人，拜託妳為了我而戰……讓大村音彥從我的眼前消失。」

這是她首次說出口的真心話。

「我知道了。」我只回她這麼一句就掛斷了電話。

「接下來就剩你一個人了，大村音彥。」

我隨即著手執行最後的作戰。我靠近三澤，從她的褲子裡搶走手機，然後打給她事前告訴我的對象。對方並不是什麼名人，只是個賴在這座城市，和三澤有深交的混混。

我將手機放在三澤的嘴邊，指尖抵著她的脖子。三澤在我威脅之下向好幾個不良少年求援。我會再附帶三澤的照片給他們。將三澤慘不忍睹的樣子，裝得彷彿像是她自己拍的角度一樣。

如此一來，仇視大村音彥的人會變得更多吧。接著只要將他誘導到一個地方即可。

不過，到頭來我還是一個人。

大村音彥甚至不肯讓我們團結起來。

儘管如此，我還是只有奮戰到底這條路。

我想要成為齋藤由佳一路走來的痛苦人生中的例外。

我不會再讓她說出「誰當朋友都好」這種話。

我會成為她生命中「特別」的人物。

這是紀錄，而非我的記憶。

當時，小學三年級的我有兩個兒時玩伴。

碰巧住在我家隔壁的同年女生——菜菜，還有她哥哥。她哥哥比我大兩歲，菜菜則和我同年級。年齡相仿也是原因之一，我和菜菜尤其迅速，立刻就混熟了。鎮公所舉辦的祭典或活動，我們倆一定會一同行動。年幼真是一件很奇妙的事，只是住在附近又剛好同年，就能變成好朋友。我們搞不好每個週末假日都有見面。有時她哥哥也會充當監護人的角色，跟我們一起來。在我眼中，這個擅長運動的學長魅力十足。

每天我都過得很幸福。

每當菜菜和她哥哥來我家，媽媽必定會烤糕餅請他們吃，像是戚風蛋糕或是餅乾等等，媽媽的手藝總是無人能比。她哥哥似乎是衝著點心才來的，但我不覺得不開心。假日我爸爸會在家，他看到兩兄妹吵吵鬧鬧地來玩耍，也不會感到排斥。有時他還會和菜菜的哥哥一起在家門前的路上玩投接球。他們兩兄妹的父親從事的工作常常需要假日加班，所以她哥哥或許很嚮往和父親一起運動。

我和菜菜可以一邊談天，同時一直看著他們活動的景象。

這段日子，持續到我媽媽罹病，健康狀況愈來愈差為止。

媽媽罹患的是惡性腦瘤——五年存活率不到百分之十的頑症。

媽媽的失常，要不了多久時間。記憶力愈來愈差的她，最後終於辭掉工作，整天都待在家裡了。但她就算在家，也無法好好地做家事。還曾經發生過她一天洗八次衣服，把一整盒洗衣精用光光的事情。若是做菜，則會忘了自己開著火而外出。爸爸很快地也將工作換成夜班，白天盡心盡力地照顧媽媽。媽媽的工作就由爸爸一手包辦下來了。

儘管如此，可能是什麼都做不到而感到焦躁，媽媽漸漸開始會怒罵我和爸爸了。她會將爸爸做的飯菜砸到地上，臭罵著東西難吃，要爸爸重煮一遍。我們也很常挨打。

媽媽吃飽飯後，爸爸終於可以入眠了。不過，只要媽媽開始怪吼怪叫，爸爸就得立刻趕到她身邊，盡量讓她不要大吵大鬧。不然左鄰右舍就會在我們家的信箱裡留下抱怨信。但就算趕過去她也沒有要緊事，只是單方面地罵人丟東西，然後再氣呼呼地躺回去睡。即使如此，爸爸還是很希望媽媽晚上好好睡覺吧。以前媽媽曾經深夜在外遊蕩被警察帶去輔導，結果爸爸丟下工作跑去保她回來。

僅有一次，爸爸硬是帶媽媽就醫住院，但不到十天就出院了。是院方拒絕繼續收容媽媽。因為媽媽讓他們煞費苦心，沒有時間照顧其他病患。

這麼一來，下一個會失常的人自不用說。

就是我的爸爸。

爸爸開始會動不動對我拳腳相向。他不再好好地為我做飯，還反而要求我幫忙照顧媽媽。結果無論我受到割傷或燙傷，爸爸連一片ＯＫ繃都不肯給我。

但爸爸還是一直深愛著媽媽。

真是值得嘉許的奉獻精神。犧牲了我的存在——

「我可以殺掉妳媽媽嗎？」

某天，菜菜在學校這麼提議。媽媽發瘋之後已經過了一年，我和菜菜升到小學四年級了。

我還以為菜菜在開玩笑，結果她的眼神無比認真。她是當真在告訴我殺人計畫。實在不像是小學午休會談論的內容。

「她已經跟死了沒兩樣吧……妳還有大好前程，不該被犧牲。要是連妳都不正常，就真的沒有人能得救了。除此之外沒有劃下休止符的辦法。」

「可是……」

「那妳要繼續這種生活到妳媽媽死掉為止嗎？」

「妳……妳哥哥……知道嗎？」

我帶著顫抖的語氣問道。

菜菜嘆了口氣，低聲喃道：

「我半開玩笑地跟他說了…………可是光這樣就被狠狠痛罵了一頓。之後我就再也沒有跟哥哥提過了。」

換句話說，菜菜想獨自實行。一個小學四年級的孩子，打算背負起殺人重罪。

我心想：得阻止她才行，這樣是不對的。就算被其他同學發現也無妨，得出聲大叫引人注目才行。

然而更強烈的念頭是——其實我也希望這種生活趕快結束。

「放心，我會幫妳殺了她……」菜菜溫柔地微笑。「妳什麼都不用做沒關係，好好休息啦。」

我為她這份溫柔而哭泣。之後，深深後悔到無以復加的地步。

我的兒時玩伴菜菜著手實行了暗殺計畫，然後順利地成功殺死我媽媽。但菜菜棋差一著的地方是，在離開房間之際被我爸爸發現了。

她就這麼被殘忍地殺害了。

她為我而奮戰，然後丟掉性命。

我是在案件發生後兩小時注意到那個事實的。當我要從附近的書店回家時遇到了菜菜的哥哥，我們便一起踏上歸途。她哥哥說：「到處都找不到菜菜。她最近狀況不太對勁，我有點不安。」

我聽到這段話，就有預感菜菜已經實行了她的計畫。但我什麼都說不出口，和她哥哥一同回到自己家去。

倒在房裡的，是面目全非的我媽媽和菜菜。

我爸爸在一旁，一臉失魂落魄地泡著紅茶。大概是剛沖過澡，頭髮還濕濕的。

即使看到眼前的光景，她哥哥依然氣定神閒的樣子。我則是雙腳一軟坐倒在地上，連尖叫聲都發不出來。我開始遠遠地聽見警車的警笛聲。

「想不到會被你們撞見。」爸爸如此語帶嘆息地說道。「事情變成這樣……真是抱歉。」

「您要去自首？」哥哥喃喃問道。

「妳沒有哭啊。」

「我不想在你面前哭泣。」

至此，爸爸一臉落寞地嘆了口氣。

「我還真是顧人怨哪。」

「直到兩年前……我都還是很尊敬您的。」

「這樣啊……抱歉。」爸爸凝視著哥哥。「那麼就聽我最後一個請求吧。我女兒就拜託你了。就算我是這樣的父親，也深愛著她啊。」

「……您明明愛她，卻又動手打她？」

「嗯，很不可思議。這究竟是為什麼呢……為什麼……」

爸爸戳了戳放在桌上的茶杯，簡直像是在尋求答案一般。

但他隨即像是放棄了的樣子，當場蹲下來，靠近縮在地上發抖的我。他不斷述說著很有父親風範的正常話語，撫摸著我的頭。他說了這麼多話，我一句也沒聽進去。

相對的，只有對哥哥說的話我聽得一清二楚。

「噯，音彥，你可以輕視我沒關係，但這孩子是『你妹妹賭上性命都想守護的好朋友』。拜託你要好好保護她。」

一陣漫長的沉默後，哥哥點了點頭。爸爸一臉疼愛地摸了摸哥哥的頭好幾次，然後就走到玄關外頭了。

警車的警笛聲不知何時已經接近了家門口。

「我並不後悔。」爸爸在最後笑了一下。「能夠為了心愛的妻子活到最後一刻，我感到很幸福。」

爸爸離開後，我在原地茫然自失，這時哥哥突然抓住了我的手臂。在這股力量的拉扯之下，我跟在哥哥後頭走了出去。

我慢了好幾拍才自覺到，自己失去了雙親和好朋友。

我所剩下的，只有一名少年的手帶給我的溫暖。

如此回顧一番，看來我這個人似乎一直都是在某人的保護之下成長的。

可能我有這樣的素質吧，一直活在庇護之下。

唉，真是沒出息的少女呀。

真是悽慘呀。

就算到了十四歲也沒改變，最後被同班同學給盯上。被盯上不是基於什麼大不了的理由，大概像是體育祭時沒能在接力賽跑中順利交棒之類的。光是這樣同學們就開始輕視我。簡直像是被頒發了侮辱許可證一樣，所有同學都在責備我。他們把營養午餐倒進我的書包裡、拿剪刀把我的頭髮剪得亂七八糟，還把我換衣服的照片散布給整個年級的人。甚至有更直接的，拳打腳踢的暴力行為我也受過。

沒錯，所以我最討厭這樣的自己了——我打從心底期盼改變。

期望有一天，我能夠靠自己的雙腳邁進。

不需要其他人犧牲奉獻，我也能夠活下去。

有人非得需要我不可。

我開始如此期望了。

確定了我無可奈何地開始崩壞的現實的，意外地是一件幸福的事件。

那天的恐嚇行為相當過火。北崎的心情好像很不好的樣子。就為了付錢而陪大家去卡拉ＯＫ店的我，一首歌也沒唱，靜靜地待在包廂一角。我已經不記得事情經過了，只記得大聲嚷嚷的北崎朝我丟出玻璃杯。我的運動神經沒有好到躲得開，於是悽慘地被砸到，受傷的頭部都流血了。慌張起來的他們連忙把我趕出去，像是當作沒這回事一樣。

我隱藏著額頭的傷從卡拉ＯＫ店奪門而出，在無計可施的狀況下走到了地下道。我在這時為自己慘痛的遭遇淚流滿面。這樣子活著的自己，讓我感到非常滑稽。

然而，隨後我就邂逅了那女孩。

所有的齒輪都緊密咬合，並且進一步加速。

因為我遇見了榎田陽人。

所以，我期盼著「重獲新生」。

武田社長是我最信賴的人。諸如社團、讀書、戀愛等各種煩惱，幾乎可以說是高中生活的一切，我都有跟他商量。和社長一起呆呆地眺望著天空，同時做著伸展運動的時間，說起來陳腐，不過貨真價實地是青春的一頁。我也很憧憬他，希望能夠成為像他一樣的人。

我將這樣的學長，綁在大馬路旁單獨擺放的一張長椅上。那是時常會在街上看到，毫無脈絡可循而設置的椅子。散布在天橋底下或是長長的坡道途中，讓我很在意究竟有誰會在這種路旁休息，直到今天我終於明白它的用途了。這是為了綁人用的。

五月十四日晚間十一點三十二分。

我利用滲著自己鮮血的毛巾，將社長的右手腕和長椅的扶手綁在一起。他應該立刻就能逃脫，不過只要能使他的動作稍微慢一點，就足以讓我再次打爆社長。聰明的武田社長也有理解到這點才對。

「……首先，武田社長，你到底是什麼時候開始和榎田陽人掛勾的？」

我站在他眼前如此詢問，於是社長孱弱地笑了。

「劈頭就要質問我啊。一開始不是應該先聊天氣嗎？」

「我沒有陪你閒聊的意思。」受到他的影響，我也不自覺地露出微笑。「我已經很累了，想盡快解決。」

「是在兩個星期前，我從學妹三澤和安城那裡，聽到了你在檯面下幹的好事。包含你在背地裡折磨著好幾名國中生的事實，以及那段影片。所以我才會協助他們阻止你。榎田陽人是那個團隊的副手。」

武田社長意外地對答如流。他的聲音裡感覺不到平日在社團散發的精神，顯得打從心底感到無力。

接著武田社長靠著長椅，抬頭望向夜空。我也跟著仰頭望去。受到路燈影響，我一顆星星也沒發現。

「當然了，大村，那女孩也是成員之一。」武田社長維持著仰望天空的姿勢喃喃說道。「你最想知道的，不就是這份情報嗎？」

「那女孩是指誰？」我說。

「齋藤由佳。別讓我說出口啦。」

「……這樣啊。」

她果然是站在榎田那一邊的啊。雖然我早就料到了，但是親耳聽到這件事還是讓我感到哀傷。

大約在一年前左右，我曾經告訴武田社長齋藤由佳的事情。我一個絕對無法回復正常關係的故交。

「你們基本上算是兒時玩伴吧？」武田社長如此述說。「只是她的父親殺死了你妹妹，你們的關係有點複雜就是。」

「嗯，這個事實沒有錯。」

「那起案件和恐嚇事件有所關係嗎？」

我搖了搖頭，那只是一場惡夢，怎麼能夠扯上關係。

「沒有關係。雖然並不是完全沒有，但我之所以會恐嚇別人的理由更為單純，更為正面喔。」

我如此告知後，社長點了點頭。

「……是為了平穩嗎？」

「被你先說了啊。」

「但我真的徹底無法理解。為何你要為了平穩而不斷進行恐嚇？為何身為兒時玩伴的你會和齋藤對立？」

「這是祕密，我沒有必要回答你這個局外人。」

「哼，你就是這樣向朝夕相處的夥伴隱瞞自己的本性嗎？」

「不——我才沒有隱瞞啦。」

社長的話讓我聽了很不爽，所以我的口氣變差了。

我一站起來就用左手掌用力推擠武田社長的肩膀，讓他的背撞向長椅。他吐了一口氣。綁著社長手腕的毛巾在這股勁道下鬆掉了。

我接著打直了手頂住社長，讓他面向我。我的手不斷地壓迫他，甚至到了陷進肌肉裡的地步。

「聽好了，我很清楚自己有多麼受到眷顧。我身邊充斥會溫柔地對待我這種垃圾的人，所以我絕對不會說謊。就算會笑著隱瞞事實，我也不可能捏造事實。」

大概是肺部受到擠壓無法順利呼吸，社長雙手握緊我的手，試圖掰開它。但我推擠他的力道，並沒有小到會輕易地鬆開。

「確實，我的日常生活是由九成善良和剩下的一成邪惡組成的。於是眾人便妄自下決定，說那一成才是我的『本性』。正好相反，我身為惡徒活著的時間，才全都是虛假的。我是個比任何人都想珍惜九成日常的小市民喔。」

社長硬是撥開我的手，縮起身子咳了一陣後，開始發自內心地對我痛罵。

「……這是詭辯。善良的人才不會去恐嚇別人。」

「可是無論是誰，都會若無其事地將人逼上絕境。你也是這樣吧？你溫柔善良到無以復加，是我最尊敬的人。但我對你吐露著過去，感慨不已地對你掏心掏肺時，你還記得自己說了什麼嗎？」

武田社長一瞬間將視線從我身上移開，短暫到只要眨個眼就不會發現。他根本就不記得吧，這也是理所當然的。畢竟他只不過是毫不費力地，告訴了我一個毫無效果的通則。

當我求助般地找他商量齋藤由佳的事情時，武田社長是這麼對我說的：

「『拋下她，別再插手了』——你確確實實是這麼說的。」

社長嚇得瞪大了雙眼。他總算明白到我投身於恐嚇的契機了。

「所以我持續說著那一成的謊言。即使墮入愚昧痴迷，滿身爛泥難堪不已，我依然相信著那九成的平穩，想以一個忠於社會正義的奴隸身分笑著。」

總覺得如此發誓，令我開心得不能自已。

「我想要成為一個正義的小市民，我想和夥伴們在一起。」

他無法理解我的肺腑之言帶有什麼意思吧，社長並未立刻開口回覆。他碰觸著自己的衣領，反覆搔抓著鎖骨一帶。

我們身旁有好幾輛汽車通過。人們像是被巨大的車站大樓吸進去一般，發出著低吟聲快速通過。我看向延伸至車站中央的道路，才發現原來這條大馬路通往車站南口。幾個小時前我利用它來逃離戴著頭套的社長。

唉，這個人也是拚了命想阻止我啊。就像是夥伴一樣，也像是江守一樣。

抱歉，但我不值得你們守護。

「真不甘心……」武田社長顫抖著拳頭，低聲說道。「憑我阻止不了你嗎……」

「你發現得太晚了……」

「你不打算自首嗎？」

「對，我還需要逃一陣子。」

「我帶你過去…………榎田陽人在稍微遠離車站的一棟廢棄大樓裡。」

真想不到，我什麼都還沒有質問他，武田社長就自己告訴我了，而且還說要幫我帶路。但我內心某處卻感到放心。

我保持著警戒，解開了綁著社長的毛巾。

「我姑且先告訴你地址。用手機搜尋一下，你就知道在哪裡了。」

社長交給我一張便條紙，然後便往從車站看是東邊的方向走去了。明明說要帶路卻告知了地址一事，他並未告訴我箇中理由。

我光明正大地邊走邊用手機確認著地址，發現穿過車站東公園是通往廢棄大樓的捷徑。社長似乎也明白這點，走進公園內。

車站東公園就像是一個被打造用來當作高架橋下空間的空地。北邊有繁華鬧區，南邊有旅社街區，西邊是小小的居酒屋區，東邊什麼也沒有，只有這座縱長型的公園。傍晚時分還會有年輕人在這裡溜滑板或打網球，不然就是舞蹈社在進行練習，但一到了晚上就沒人了。他們會一整團往鬧區的方向移動，理由是因為這裡缺乏照明。兩座網球場自不用說當然沒有燈，綜觀整座公園也頂多只有兩處燈火。鬧區的燈光雖然會照到這裡來，但實在太暗，無法盡情活動身體。

沒有人會七晚八晚還跑到這種令人毛骨悚然的地方來。只有幾個遊民在那邊睡覺。

然而，卻有將近二十名的群眾手持凶器站在那兒。

五月十四日晚間十一點四十八分。

車站東公園意外地遼闊。裡頭有網球場、籃球場、槌球用的空地，還有辦其他活動時會用到的戶外石磚廣場。

我跟在社長後面，走進公園裡頭的籃球場。我完全沒有半分懷疑。橫越這裡確實是通往對面的捷徑。這座場地是三對三鬥牛用的半場，四周圍繞著高聳的鐵絲網。我很少到這裡，下次和社員們一起來比賽或許也不錯。再加上網球，來場混合賽。

態度如此悠哉是我的疏忽。

大概是躲在大樓後方等著，當我和社長走進球場的那一剎那，將近十名男子魚貫地開門走了進來。當中也包含了攻擊我的混混。當我心想不妙而反射性地想要回頭走向進來的入口時，那裡也聚集了幾乎相同的人數。我被合計十八名的男女所包圍了。

「武田社長，難不成你——」

「不這麼做就阻止不了你。」

語畢，他輕輕推開了我，逕自走向疑似同夥的男人們身旁。

看來我被陷害了。

畢竟要獨自在這麼狹窄的空間中對付十八個人，正面迎戰必定落敗，而能夠逃跑的地方只有兩扇小小的內開門。要突破如此密集的人群有多麼困難很顯而易見，我連想都不願意去想。

我瞪了一眼包圍我的那群人，說道：

「想不到這座城市裡還有幫派……我都不曉得。」

我率直地告知感想，於是站在我正前方的社長露出疲憊的笑容。

「這不是那種危險的東西啦。街頭幫派已經衰退了，這座城市也不例外。」

他的回答出乎我的意料。

說到出現在都市裡的不良少年集團，我只想得到幫派。

「那不然是什麼？」

「最接近的詞彙是社團。你仔細看看，他們不光是二十歲左右的年輕人吧？」

在他的催促之下我仔細地環顧了周遭，確實有幾個人的外貌和我印象中的幫派分子不同。留著金髮或剃了大光頭，像是在街上襲擊我的人，了不起只有一半。當中有穿著西裝，看似上班族的中年人；也有穿著哥德蘿莉裝的少女。還有似乎是剛從補習班下課回家，穿著制服又揹著大大的書包的國中生。方才在地下停車場遇到的男子也混在人群中，笑嘻嘻地站在那裡。

這些群眾，是由在這座城市任何角落出現都不奇怪的人物所組成的。

「他們是我、三澤及榎田花了兩週，拚了命地找來的幫手。只是在網路或街上隨意召集而來的集團，所以沒有名字，我也不打算取名。」

「到底是為了什麼？」

「當然是為了阻止你啊，大村音彥。」

武田社長難過地說著。

「我事前已經從三澤和榎田那邊聽說了。你做得太過分了。竟然向國中生恐嚇取財，多達三千零二十三萬圓。這份重罪你應該要以死懺悔。所以我才會聚集了看似很可靠的人，也叫來了惡行惡狀的人。今晚我一直都在和榎田還有其他社員保持聯繫，追尋著你的下落。」

原來如此，並非所有在路上襲擊我的人，都是受到社群網站上的情報驅使而來的。這一切安排得果然十分周到。直到不斷逃竄的我，最後被武田社長騙到籃球場來這部分為止。

「聽好了，大村，這是我最後的忠告。你看看網路，還有人在這裡的我們。不分男女老少，各式各樣的人都在責難你。警察也快要正式展開搜索了吧。懂嗎，在你眼前的集團並非擁有特定思想，只不過是普世價值。有人想從你身上分一杯羹，也有人基於正義感想揍你一頓，或是夥伴被你傷害，怒氣沖沖過來的人也有。義憤、好奇心、慾望、偏見、煽動操弄，混雜了這一切的一般大眾，都在責備著你一個人。」

社長簡直像是在演講似的口若懸河地說著。

除了部分不良分子之外，瞪著我的就是在茫茫人海中隨處可見的人。要是走在白天的街上，一定立刻就會與街景融為一體。而他們每一個人的眼中，都蘊含著好似憤怒的火焰。

他們不折不扣地——代表著這個世間。他們都在責備著我。

「嗯，我同意。」我自嘲般的答道。「我也很喜歡這個世間，還有社會正義。」

然後我發現了，武田社長也有承認。他們的表情裡並非只帶有純粹的怒火，還隱隱約約帶著單純的好奇心、嗜虐心和非分之想。那些只是覺得很有趣就跑來揍我的傢伙也在這兒——不，他們也包含在世間當中吧。

「大村，這是我最後的忠告。」

社長懇求般的開口了。

「拜託你去自首吧。」

「不要。」

「否則我要採取略為強硬的手段了喔。」

「沒關係。」

「既然如此……那就沒法子了。至少社員的爛攤子，我會好好幫忙收拾的。」

社長這句話成了信號，四周的人都架起了各自的武器。有警棍、球棒、小刀，甚至還有人拿杜拉鋁合金手提箱和摺疊傘。

「大村，你就在痛苦掙扎和哀嘆之下後悔自己的所作所為，改過向善吧。」

於是有三人從那群男子當中抄了凶器襲擊而來。他們幾乎同時從正面及左右兩側攻擊我。

我的身體反射性地動了起來。我先是稍稍蹲低再奮力一跳，對正面襲來的男子下顎施以一記上鉤拳。男子吃了我的必殺一擊便渾身無力。我接著正面疾驅，對架起小刀的哥德蘿莉裝少女施展掌打。她弄掉凶器的瞬間，我用手指扣住衣服的荷葉邊，硬是將她拋到我身後。一開始對我左右夾攻的男子們對忽然飛了過來的少女感到困惑，下一個瞬間兩人都吃了我一記拳頭。接著我吶喊出聲，主動衝向群眾裡。

可惜寡不敵眾，我打趴四個人就後繼無力了。

我有自信，一打三還能夠應付。即使所有人同時動作也能對應的雙眼，讓我莫名地感到驕傲。然而，從死角揮下的鈍器攻擊我就莫可奈何了。我隨時移動身體改變視角，致命一擊我會在迫在眉睫時閃避。不過相對的，肩膀、背部、手臂和膝蓋等部位，則是接連受到沉重的攻擊。就算我想減少敵人的數量，對方也會鎖定我大動作之後的破綻，結果反倒是我傷得比較重。即使並未聯手攻擊，一群烏合之眾對一個人動私刑也綽綽有餘了。

我的腦中初次閃過「放棄」這兩個字。

緊握的拳頭逐漸失去力氣。比起為了逃脫而進攻，身體自然地朝著保護自己的方向行動。我的左手從剛剛開始就抬不起來，因為被小刀劃傷了。鮮血染紅了我的上衣，流淌到手背上。

該死，我才不會在這種地方完蛋。

我一個著急，產生了更大的破綻。我的臉挨了一記，整個人被揍飛，同時波及到身旁的敵人。

但我無法打從心底怨恨這些襲擊我的群眾。畢竟不管怎麼想，壞人都是我。若是有哪個部分陰錯陽差，我一定也會喜孜孜地成為攻擊人的一方吧。

沒錯，狂人是我。做錯的人、墮落至極的人也是我。

正因如此——只要我一個人走向破滅就好了。但……！

一回過神來，我就已經在說話了。

「最起碼應該要去拯救那傢伙啊……」

可能是想聽我說出懺悔的話語，當我開口的瞬間，他們減緩了攻擊力道。我沒放過這個空隙，用力蹬地一鼓作氣地縮短和社長之間的距離。那名看似上班族的男子揮下警棍想保護他。我倏地屈身閃避，磨著鞋底滑行而去。

之後武田社長以輕盈的躍步避開我施展的踢技。動作自然得有如隨風搖曳的窗簾。

原來他做得到這種動作啊。還是和我連戰三次，熟悉我的動作了？接著社長的肘擊命中了我的臉。我的左眼受到衝擊，身體失去了平衡。但我沒有閒工夫痛苦呻吟了。我硬是伸出手，使盡吃奶的力氣抓住他揮過來的手肘。

果然還是不能放棄。我滿腦子都是這個念頭，纏著社長。我明白，就這麼承認敗北去自首會比較輕鬆，但我也有不能退讓的一線，所以我決定繼續逃下去。直到我從她口中問出這場復仇劇的真相前，都不能放棄！

武田社長大概想都沒想過會立刻遭到反擊吧，他發出了痛苦的聲音。我失去了一半的視野，無法順利掌握距離感，但有些東西靠著感覺也能明白。我將社長拉了過來，令他失去平衡，然後在我預測是腹部的位置，打下我使盡渾身解數的一擊。

體重絕對不算輕盈的社長飛舞在半空中。身在後方的好幾個人接住了他，同時倒了下去。周圍的男子發出了怒罵聲。

我跳了起來，在武田社長橫躺在地的身上著地，然後對新來的人賞了一發膝撞，同時朝出口邁進。在距離僅剩三步的地方，我的肩頭挨了球棒一棍。我撞到護網上，距離還剩兩步。在負責看守出入口的男子架起拳頭前，我先掃倒了他。還剩一步。

儘管遍體鱗傷又腳步踉蹌，我還是成功逃離了籃球場。

我沒有餘力轉頭去看背後傳來的叫喚聲。死掉也無妨。怎麼能被那些傢伙逮到。快逃啊。使出自己渾身解數。

我拚命地動著雙腿。可能是眼皮腫起來了，我的左眼沒辦法好好張開。要是去一一細數全身上下痛得嘎吱作響的地方，就沒完沒了了。

即使如此我仍然不能停下腳步。我在高架橋下一直線地奔馳。憑著單純的速度甩開追兵。

但我該上哪兒去才好呢——我如此煩惱著，然後猛然想起。社長早已告訴我該往哪裡去了。

我不曉得武田社長是基於怎樣的心情把住址交給我，不過——

拉開距離後我胡亂拐著彎，同時開啟手機確認地址。

我反射性地衝向那裡。我非常清楚那可能是陷阱。理性大喊著要我停下腳步。但我依然繼續邁進。

我也差不多想結束這一切了。

手機指示的地方確實是一座廢棄大樓。到抵達這邊為止，我都不知道有這棟建築物存在。我一直以為這種建築物會立刻拆除蓋新的。這座城市意外地有我不曉得的地方哪

——我感到佩服。

大樓的一樓區域過去似乎是咖啡廳，外牆是一整面玻璃窗。店家似乎歇業已久，裡頭沒有桌椅，只有一張貼在玻璃窗上的文字「咖啡三百三十圓」是昔日繁榮的痕跡。

樓梯位在咖啡廳旁邊。我藉由手機照明，爬上頂多只能供一個人通行的狹窄樓梯。抵達二樓之際，視線逐漸明亮了起來。似乎是有人帶了照明設備進來。這裡總不會還沒被斷電吧。

二樓好像曾經是某間公司的辦公室。不過只有一個足以四處奔跑的空間，其他空無一物。室內四個角落擺放著像是露營用的ＬＥＤ提燈。照明出乎意料地明亮，連空間裡飛舞的塵埃都清楚可見。感覺空氣裡刺激著鼻孔的混濁氣味又變得更強烈了。

那裡果然有兩名少女滿身是血趴倒在地。她們是三澤才加和安城姫奈。我見過並且威脅過她們許多次，當然知道她們的長相。但我和那邊的另一個人物是初次碰面。

那兩人中間站著一名少女，她手持染滿鮮血的警棍。

她就是榎田陽人吧。她的外表大致跟照片一樣。光澤明亮的頭髮紮在後腦勺，細長的眼睛加上白皙的肌膚。自然伸展的手腳看起來很強壯，同時卻又莫名秀氣。她的外貌便是如此不可思議，難以一口判斷是男性化或女性化。

然而，唯有那對蘊含憂慮的寧靜雙眸，明顯和照片不同。

我終於見到妳了，榎田陽人。

我向前大大地邁進了一步。

「早安，將五個人打個半死的傷害犯。」我說。

「晚安，勒索三千萬圓的恐嚇犯。」她說。

午夜十二點的告白

執行作戰的前一天，我在齋藤由佳的家裡過夜。她真的過著獨居生活，住在位於車站南邊的破爛公寓裡。我們在六張榻榻米大的空間內聊著各式各樣的事情。齋藤說了她的初戀、過去的兒時玩伴，還有學校生活的事情；我則是聊到了喜歡聽廣播的興趣、劍道，以及尚未談過的戀愛。

我第一次和其他人促膝長談。就連父母，我都不會講這麼多話。

「雖說習慣了，但還是會有感到寂寞的時候吧？」齋藤入睡前開口問道。

「是呀。」我即刻回答。「就算我再怎麼渴望孤獨，偶爾也是會有那種想法。」

「有我在身邊真是太好了呢。」

「嗯。」

「陽人在身邊也讓我很開心喔。」

說完這句話，齋藤由佳便一臉幸福地入眠了。

我第一次對人坦承感到寂寞的真心話。

施予同學們悽慘無比的制裁後，我回顧過往，然後感到錯愕。

既然寂寞，不要背叛同學就好了。一定也有和三澤及北崎他們交好這個選項。甚至是對齋藤由佳的痛苦視而不見，制裁大村一個人，然後眾人舉杯慶祝的可能性也有。

之所以辦不到，單純是我很笨拙的關係嗎？

我打從心底錯愕。

†

說來諷刺，比我還盡心盡力地逼大村音彥上絕路的人是三澤才加。她拜託了以前的學長武田翔也，同時在街上號召形形色色的男子，在事前進行著讓大村音彥的臭名一口氣遠播的準備。三澤這個人一言以蔽之就是看起來很輕浮，所以她原本就有和素行不良的人打交道吧。我適當地洩漏情報給三澤和那些人，讓他們去襲擊大村音彥。然後再將三澤倒在血泊中的照片傳給他們，進一步擴大騷動。

統整受到大村音彥手上的錢以及正義感煽惑下參與行動的人，是武田翔也。他是以「歸根究柢只是要阻止大村」的名目來協助我們。他獨自號召那些攻擊了大村的人，設下了圈套。

而整理並掌握那些交錯紛飛的各式情報及人物的就是我。武田通知我田徑社員們的行動。三澤才加所委託的男子們的襲擊。社群網站上錯綜複雜，也不知道是真是假的目擊證詞。我一個人掌控這些資訊，在緊逼大村音彥的同時，等時機成熟就一個個背叛那些夥伴。

我對同班同學動用了私刑。

五個人——數量還真不少。

五月十五日午夜十二點零七分。

我重新認知到自身罪孽，坐在滿是塵埃的地板上做最後的休息。

我的右手還殘留著毆打人的感觸，不經意盯著一看，發現手背上帶有血跡。我連忙用手帕拭去，但氣味仍在。原來血腥味就像鐵鏽味是真的——我感到佩服。

我將警棍隨意丟在一旁，拿起了靠在牆上的竹刀，維持坐姿空揮了起來。然而，我腦中閃過的畫面卻不是熟悉的武館，是因悲痛而表情扭曲的同班同學。

說不定我再也沒辦法碰劍道了。

我不禁湧現這種念頭。要是每當我揮動竹刀都會想起這天的話——我的身體不禁發顫。但我沒有任何懸崖勒馬的餘地了。我已經沒有夥伴了。

『妳這個叛徒……虧我還相信妳是夥伴。』三澤血淚控訴著。她的雙眼感覺打從內心深處徹底絕望。這幅光景在我腦中揮之不去。

我決定閉上雙眼仔細聆聽，摒除一切的雜念。

老實說，大村音彥能否抵達我身邊的機率是一半一半。我有告訴武田這個地方，然而一旦踏進在圍欄包圍之下的籃球場，無法輕易脫逃是再明顯也不過的事。一般來說根本不可能到達我這裡。

但就在這時，我聽見了很大的腳步聲。有人走上樓來了。不知道為什麼，見到人之前我就知道來者何人了。這可惡的怪物——我喟嘆道。

於是，那名男子露出了廬山真面目。

「早安，將五個人打個半死的傷害犯。」他說。

「晚安，勒索三千萬圓的恐嚇犯。」我說。

我用力握緊竹刀，打算和他做個了結。

我重新凝視著大村音彥。以前目睹的時候，他給我一個身形魁梧的爽朗好青年的印象，這點果然沒變。只要他緘默不語，就實在不像是個持續對國中生施虐的男人。

另外，由於他散發著人畜無害的氣場，身上的傷勢之多令人感到更為鮮明。大村音彥在這幾個小時內似乎大鬧了一場。他一副痛苦的樣子用右手抱著左肩。按著肩膀的右手背有著擦傷，還滲著血。破破爛爛的T恤被血染成暗紅色。腫脹的左眼張開不到一半的程度。

至此我確信，事情照著我的預料發展。他在滿溢的情報當中，疾馳於街頭，不斷產生新的敵人，在最後的最後來到了我的身邊。我感到放心。然而甩開數十名追兵抵達這裡的事實，同時也讓我感到恐懼。

最強的暴力這份預測是正確的，不過可以的話，我也真希望是錯的。

「……痛毆北崎、木原、雨宮他們的，就是妳——榎田陽人嗎？」

大村音彥僅以右眼瞪了倒臥在地的三澤和安城一眼，然後開口詢問。

我閉上眼睛一秒，然後確認了自己的呼吸後，回答他的問題。

「你在說什麼呀？將他們打到送醫院，還有剛剛三澤和安城遇襲，全都是你做的好事吧？別把責任推到別人頭上。」

「我並沒有錄音，妳沒必要說謊。」

「不然之後你去問問他們呀。他們應該會作證說『大村音彥要我們跟他過來，然後把我們揍了一頓』。不論問誰都一樣，他們全都會異口同聲地指責你。」

「原來如此……妳真是個討人厭的傢伙。」

於是大村音彥傷腦筋似的嘆了口氣。

「ＯＫ，假設是這樣吧：三澤和安城都是我痛扁的，我奪走了她們的錢財和處女然後在額頭上寫著『玩一次一百圓的女人』再把性愛自拍影片散播到網路上還讓她們光著身子逛大街再叫她們去援交釣男人來一起恐嚇威脅敲詐一筆後要她們去偷爸媽的保險證借高利貸最後為了湮滅證據而把她們丟在廢棄大樓正準備要點火好了。所以呢？要是這樣的話，那妳又為什麼會在這裡？」

「『我察覺了狀況，趕來救三澤她們，但為時已晚。相對的我反過來制伏了鬧個不停的大村音彥』——我預計這麼向警方供稱。」

「妳以為這樣捏造謊言騙得過大人？」

「比起你的證詞，他們會採信我的。」

「的確。」大村音彥像是由衷佩服似的露出微笑。「妳的計畫真是穩固到令我遺憾的地步。比起瞻前不顧後的我要來得確實許多。」

我在握著竹刀的雙手上施力。雖然我著急地想減少無謂的力道，但無論如何肌肉都不肯放鬆下來。

為何這個男人可以從容不迫到這種地步？瞧不起我是個女人嗎？不，這不可能。這男人知道我的長相和本名。只要拿我的名字到網路上搜尋一下，我在劍道界留下的實際成果鐵定會第一個出現。他在渾身是傷的狀態下聽了我要打倒他的宣言，為何還能若無其事地繼續對話？

我試著盡可能地虛張聲勢。

「你還真是一派輕鬆，明明接下來就要迎向破滅了。」

「妳在著急什麼？難不成怕了我嗎？」

但我的逞強被大村輕易地識破了。他注意到竹刀前端正在顫抖著，這樣會被看穿也是理所當然的嘛——我如此自嘲。

「嗯，你確實很可怕。」我老實地說道。「但我害怕的並不只是那點。廢話說夠了吧？趕快動手，做個了結吧。」

「說得也是。」

大村的右手放開了左肩，單手架起拳頭。他的左手究竟是真的不能動抑或是欺敵，這點我無從判斷。他並未攜帶任何武器也令我感到意外。赤手空拳——這男人當真是僅憑著雙手來到這兒的嗎？

為了暫且放鬆力道，我雙手放開竹刀讓它浮在半空中，再瞬間接起重新握好。揮動過數萬次的竹刀隨即上手了。我將竹刀架在身體前方，前端朝向大村音彥，丹田使勁。

「我最後做個確認。」

做好心理準備後，我開口詢問道。我必須在最後的最後進行確認。

「你真的有從事恐嚇行為嗎？不斷跟國中生敲詐，累積了三千零二十三萬圓？」

大村點點頭。

「嗯，我承認。這是不折不扣的事實。」

「看到啜泣的國中生，你有什麼想法？」

「我忘了。」大村搖搖頭。「六十七次——這是我恐嚇的次數。我也曾經一次跟數名國中生敲詐過將近一百萬圓。剛開始應該還會感到開心或難過，但金額超過一千萬圓後，我就沒有任何感覺了。」

「這樣呀。」

「抱歉，不是妳想要的回答。畢竟我不想說謊啊。」

「不……這個答案非常足夠了。」

他平淡回答的模樣真的就夠了，甚至讓我熱淚盈眶。

這傢伙必須由我來排除才行。我得痛毆他幾十次、幾百次，讓他遠離我和由佳。我要在這裡結束一切。我要徹底打垮他，攔腰折斷他那傲慢的內心。就像我對北崎還有三澤他們的所作所為一樣，有如調教猛獸般不斷鞭打他，完全拔除他的利牙。

即使無法再次重拾劍道也無妨。

打造一個光是看見竹刀就會讓我發狂的悽慘地獄吧。

就算失去劍道、失去夥伴，只要齋藤由佳還願意衷心對我微笑，我就不在意。

「喝啊啊啊啊啊！」

我發出怒吼振奮自己，然後利用滑步接近大村。廢棄大樓裡正好聚積了許多沙塵，所以穿著鞋子也足以採取滑步動作，但又不會滑過頭。我將竹刀高舉至上段做了個假動作後，隨即繞到右側——也就是大村音彥的左側，對他劈下竹刀。左眼張不開的大村一定覺得我像是消失了一樣吧。我猛力往他浮現著困惑的臉上敲了一記。大村發出呻吟，同時後退了數步。若是比賽就算是得一分了，不過這可是打架。我以迅雷不及掩耳之勢用竹刀戳向了他的喉嚨。

大村魁梧的身軀搖晃了一陣，就這麼直接仰躺倒了下去。地面揚起的沙塵反射著提燈的光線，顯得燦爛不已。

我離開那裡以避免下盤遭到攻擊，然後準備下一次的對打。

「站起來呀，你還能打吧。」

我俯視著按著喉嚨咳嗽不止的大村說道。這招正擊面效果絕佳，大村的額頭被打到流血了。然而突刺卻稍稍偏向了後頸。要是不偏不倚地命中喉嚨，就會成為惡魔般的一擊，令他無法呼吸而痛苦掙扎。下次我一定要確實擊中。

大村往地板吐了口唾沫，站了起來。他臉上微微掛著笑意，不知道有啥好笑的。和警棍或木刀相比，竹刀的殺傷力果然略遜一籌。若非突刺，恐怕難以一招打敗這個怪物嗎？

不過我沒有換武器的意思。

不使用自己最得心應手的竹刀，一定瞬間就會被他吞噬。大村音彥身上有著如此深不見底的壓迫感。

「有一套。」不知是否洞悉了我內心的焦躁，大村悠哉地說道。「榎田，妳比至今任何一個襲擊我的人都強。」

「也比你更強。」

他一站起來，我便再次逼近大村。這次他也採取行動了。大村略微蹲下身子，將他長長的右手臂伸向我。竹刀的攻擊距離完全不起任何意義。在他即將抓住我衣服的那一瞬間，我在千鈞一髮之際撥開了。明明是我率先主動攻擊的，卻連揮動竹刀的空檔都沒有，被迫落於後攻。當我分心注意上半身的剎那，一記猶如死神鐮刀般銳利的踢技往我的下盤而來。踢腿捲起沙塵，快得像是要挖開我的身體一樣。我倏地退下閃避這一擊，情非得已地在重心不穩的狀況下揮著竹刀。

然而這招奏效了。我的竹刀偶然命中了他的眼角。雖然不是眼球，不過足以令他退縮了。大村停下了攻擊，沒有放過這個機會的道理。我勉強在塵埃滿布容易打滑的地板上站穩，果敢地發動攻擊。現在可不是畏懼大村反擊的時候。

我先是一刀橫掃腰部，第二刀再擊打側頭部。大村可能是警戒著方才的突刺，打算以右手保護咽喉。我瞄準他的右手背使出了第三刀。我持續著劍道比賽中無法想像的，僅是為了毀滅對手而發動的追擊。我不再嘗試突刺，而是以它為誘餌，毫不留情地死定亂打，蹂躪著大村。

我單方面地持續毆打他。

為了不被反擊，我活用著竹刀的攻擊距離，不斷增加大村身上的傷。

我對自己說，這傢伙是個活該挨揍的惡魔。他一直在侵蝕齋藤由佳的內心。大村連學弟妹都不放過，敲詐了一筆非比尋常的鉅款，結果害齋藤由佳更進一步地受到恐嚇。

然而平常他卻若無其事地過著高中生活，和夥伴一同歡笑，談著戀愛。明明背地裡都在踐踏他人的尊嚴。所以這傢伙必須由我來驅除不可。

大概是受不了我的連擊，大村跪了下來。膝蓋完全著地的姿勢，不是能夠馬上爬起來的。

這下子就結束了。

我奮力高舉雙手，打算讓拚死的一擊劈在大村頭上。儘管我手握的是竹刀，也很可能令他昏倒的最後一刀。我不會手下留情的。這傢伙差勁到極點，就算死了也是感到開心的人會比較多。我明白這點。我沒有做錯。都是他不好。我得打倒這傢伙。然而——

他明明爛透了——明明是那樣才對！

「你為什麼……不拿出真本事攻擊我……？」

我在竹刀碰到大村前停下了手，如此喃喃問道。

蹲跪在地的大村音彥，彷彿像是要概括承受我的竹刀般低著頭，所以我看不見他的表情。

「妳這樣說真過分。」他靜靜地低語。「我搞不好已經拿出全力啦。」

「哪有，你一次也沒有朝著我衝過來呀。只有像剛回想起來似的踢了一腳……」
「這表示妳我之間的實力有著壓倒性的差距啊。」
「怎麼可能，你至今秒殺了許多人吧。」
戰況不可能變得如此一面倒。無論他受了多重的傷，身體多麼疲憊，也不知道我打不打得贏。我以為他是這樣的敵人。
至此大村抬起頭凝視著我的竹刀，接著望向我。
「……妳也不是認真的吧？一直都在迷惘。怎麼看都不像準備周全的樣子。」
「少囉嗦。」
「妳很痛苦嗎？」
「那還用說！」
我嚷嚷著回應不知為何溫柔地提問的大村。然後右手放開竹刀，用力敲打大村的胸膛。他在毫無抵抗的狀況下向後倒，直接仰躺在骯髒的地上。我解除了架式，在腰際握緊了拳頭。
「今天我還是第一次毆打沒有穿防具的人……他們因為我流血，這令我怕到發抖。我並不想毆打自己的同班同學，但……！」
一旦說出口，我便發現自己的心情了。

我只要將劍道當成比賽享受就夠了，根本不需要實戰。我最討厭暴力了。訂定計畫逼死大村，還有攻擊求饒的同學，都讓我作嘔。有如墮入深不見底的黑暗，這種感覺令我喘不過氣來。

「所以這次是最後了。我要打倒你了結一切！今天也是我最後一次握起竹刀！」

「不，妳會一直痛毆別人下去。」大村坐起身子如此宣告。提燈正好製造了影子形成逆光狀態，我看不見他的表情。「這次不見得會是最後。人只要一旦打破了束縛，第二次之後就不會再躊躇，漸漸失去抵抗。然後深信自己是特別的人，不斷正當化自己的所作所為。」

「吵死了……你又懂我什麼了？」

「當然懂，因為我就是那樣。」

這時大村格外緩慢地，有如在確認自己腳邊似的慢慢站了起來。可能是他身體左右不平衡的關係，完全站直身子後依然搖搖晃晃的。然後他抬起了頭，方才的溫柔表情已不復見，而是以漆黑混濁的雙眼看著我。

大村朝我走出了一步。

這或許是大村初次主動靠近我。

我慌慌張張地重新架起竹刀，但不知怎地手上有股揮之不去的突兀感。我無法判斷究竟是握得太淺或太深了。為什麼呀？明明這是我一直以來使用的竹刀，現在簡直就像是截然不同的東西一樣。

這當中大村音彥雖然腳步虛浮，卻仍然在接近著我。我的架式完成不成意義。他來到只要再向我走近一步，就觸手可及的距離了。接著大村音彥——

「真的很對不起。」

他深深地低頭道歉了。

「咦……？」我不由自主地放下了竹刀。我全身上下徹底失去了力氣，要是他在這個瞬間出手攻擊，根本無從防禦。

而這點大村音彥也相同。他正直有禮地彎著腰，視線大概只看得到腳邊。假設我從胸前口袋掏出小刀之類的，由上方往他的後腦勺揮下去，他也完全無法察覺吧。

過了兩秒鐘，他的姿勢依然毫無改變。他明明渾身是傷，做出鞠躬的姿勢都會很痛苦才對。

大村音彥確確實實地是在跟我道歉。

「為什麼……為什麼……」我茫然自失地向後退，身體愈來愈無力。「你是個差勁到家的人…………毫不猶豫地折磨著別人……」

隨後我雙腳一軟，難堪地跌坐在地上。當我兩手緊緊貼著地板，這才發現我把竹刀給弄掉了。

「你……是來這裡做什麼的呀…………單方面地讓我毆打……然後又突然道歉……你難道不是為了洗刷自己的冤屈而來威脅我的嗎！」

「我想告訴妳真相，我想向妳謝罪。我認為若不是這樣，妳便沒有辦法相信我。我就是為此而來的。我……是來救妳的。」

「別開玩笑了！」

我不成體統地叫喚著。

明明雙腿已經無力了，不知為何還能大聲嚷嚷。

「你知道自己的罪孽多麼深重嗎！這可不是道歉就能解決的問題呀！事到如今，不論你再做些什麼都無法挽回了！」

因為我打傷太多人了。

痛毆了班上同學，將無關的人捲入事件中，誘導他們去襲擊大村音彥。按捺著令人作嘔的痛苦，誆騙信賴我的夥伴，來到了這棟廢棄大樓。

道歉實在太卑鄙了。明明就算跟我道歉，我也不能原諒他！

然而大村音彥未改謝罪的態度。

「所以說，真的很抱歉。妳可以像剛剛那樣不斷痛毆我沒關係。將妳捲入其中，我是發自內心地在懺悔。」

聽到他這番話，我只能咬緊牙關，撲簌簌地流著淚。

愚弄人也該有個限度。

我怎麼可能打得下手。攻擊毫無抵抗的同學就已經讓我難受得無以復加了。我可沒有那麼無血無淚，能夠拿竹刀毆打真摯地低頭道歉的人。我並不那麼堅強。趕快拿出真本事攻擊我呀。徹底露出你的本性，來跟我挑戰呀。

和我的心情相反，我的腦中浮現了一個疑問。

當我發現北崎他們的真相時所想到的臆測。我的理性好幾次都覺得不可能而驅逐了它，但這份臆測依然停留在腦中某處。

「難道……」

我的語氣顫抖著。

「你是……在幫忙拿回來嗎……你奪走了……北崎他們從由佳那裡敲詐來的錢……然後再還給由佳嗎？」

別點頭。不准肯定。

我如此期盼，但大村的頭還是縱向地動了起來。

「嗯……什麼啊，原來妳發現啦。」

「我是剛剛才察覺到的，不過我一直都在思考這個可能性……但這實在太愚蠢了。你根本沒有這麼做的理由！」

中間夾著北崎的雙重恐嚇——我是從這番證詞想到這個可能的。

說不定大村音彥其實是個好人，只是想幫助遭到恐嚇的由佳罷了。

換言之，就是三重移交金錢的可能性。

不過，這想法有個很大的邏輯漏洞。

「如果你真的很重視由佳，只要命令北崎『不准再恐嚇她』不就好了！這樣做就夠了吧，根本不需要透過再次恐嚇這麼麻煩的過程。不說別的，由佳可是滿心歡喜地參與讓你走向破滅的計畫，三重恐嚇這種愚蠢透頂的事實根本不可能存在！」

「……不，這是有可能的。」

「為什麼？」

「妳沒聽說北崎他們醜陋的行徑嗎？」

大村靜靜地反駁著我的話。

「他們以社交費的名目向她勒索了三千萬以上的鉅款。根本就爛透了。是無可救藥

的犯罪。但妳不認為，這件事情也有著相反的另一面嗎？若這並非恐嚇，而是單純的買賣呢？」

他的提示讓我也掌握了真相。那一瞬間，我的呼吸停止了。

我的腦中響起安城那低賤的聲音。

『就說，這是為了獲得和我們交朋友的權利而付出的代價。不會在教室受欺負的權力、搭話時不會遭到忽略的權利、參加班上慶功宴的權利、幫我們做值日生的權利，還有以每週支付一次作為條件，能夠和我們一同上家庭餐廳或是卡拉ＯＫ的權利。我們收下的錢就是那些事情的回饋。』

我將雙手抽離地板，試圖摀住耳朵。

我不想再聽大村音彥說下去了。

不過，大村音彥卻毫不留情地宣告：

「換句話說，齋藤由佳是基於自己的意志，花錢買朋友的。」

我感覺時間似乎靜止了。

這是騙人的吧——

然而所有情報皆陸續歸納了起來。

病態地想交朋友的由佳、持續恐嚇的北崎他們、擁有最強打架能力的大村音彥、沒有一個人報警的理由、三千萬圓這個荒唐的數字——沒錯，根本不需要一大筆錢，不管是一萬圓或是一圓都成立。北崎向由佳勒索，大村再向北崎勒索，之後由佳再收下大村的錢。只要如此反覆運作，就有可能發生三千萬圓的恐嚇事件——

我不明所以地嚎啕大哭了起來。我才不想知道什麼理由。我內心的情感亂成一團，胸口苦悶得不得了。我好想大叫一番進入夢鄉。我無法伸手擦拭沿著臉頰流淌下來的液體。我的眼淚撲簌簌滴落在地。

「我是為了收回齋藤由佳付出去的錢才進行恐嚇的。很好笑對吧。我們明明打從心底彼此憎恨，卻不知怎地都心繫著同一個少女。」

大村音彥靜靜地開口說道。

「我們來結束一切吧。將這種愚蠢的日子統統消滅殆盡。」

愚者的黎明

大村音彥和齋藤由佳之間的關係很複雜——我不太會向別人滔滔不絕地闡述和齋藤之間的關係，但聽到的人都會這麼評論。對我而言，她很單純地就是我「重要的兒時玩伴」罷了。

不過若要更具體地說明——

我的妹妹殺死了齋藤的母親。

而齋藤的父親殺害了我妹妹。

我得如此告知事實，所以對方果然還是會感到混亂。北崎他們直到最後都沒有發現我和齋藤的關係，主因就是事態複雜吧。他們誤會我怨恨著齋藤了。這也無可厚非，不過實情完全相反。齋藤是我重要的兒時玩伴。

從前我和妹妹菜菜及齋藤由佳三人會整天泡在一起四處玩耍。小學放學回家後，菜菜就會邀我一起到齋藤家去。明明她們兩個女生一起玩就好了，我真不知道為什麼要帶我過去。齋藤初戀的對象似乎是我，可能她們之間有個祕密同盟吧。我們在齋藤家玩的遊戲隨處可見，並不稀奇。比方像是桌遊、電玩遊戲，或是簡單的運動。大多情況都是二對一進行比賽。想當然耳，我是那一個人。比賽幾乎都是我輸，不過我也贏了兩成左右。然後，我只記得齋藤的母親做的戚風蛋糕好吃得亂七八糟。

現在爛到骨子裡的我，也不曾遺忘那份無可取代的平穩。

當時的我對齋藤由佳並未抱持著特殊的情感，只覺得是妹妹的朋友。是個從小就黏在我身邊的奇妙女孩。

她會成為我不可或缺的人，果然是因為那起事件的影響吧。

那天實在糟糕透頂。齋藤的母親過世，父親銷聲匿跡，而我失去了妹妹。

我和齋藤一起痛哭失聲。我們無法接受現實，決定兩個人離家出走。然後在杳無人煙的靜謐公園哇哇大哭。

「儘管如此……我們……還是得……活下去才行吧。」

當時齋藤哭腫了雙眼述說的一字一句我都還記得。她的口氣聽來帶有滿滿的恨意，像是唾棄著這個世界。

「糟透了對吧。」

我煞費心力才說出口。

「但這也是理所當然的……我不希望再有任何人消失了。」

「這樣呀……總感覺……很奇妙。」

「不管奇不奇妙，那一點都不重要…………由佳，妳絕對不能死。若妳感到痛苦，我會出手相助的。我也會去鍛鍊身體。要是有人敢來折磨妳，我會去收拾他。」這是我發自內心說出的願望。「——所以，我們一起活下去吧。由我來保護妳。」

這時齋藤溫柔地碰觸了我的手，露出微笑。

「謝謝你……不要連音彥哥都從我身邊消失喔。」

我覺得齋藤那時盡可能地堆出了笑容。她明明就比我還要痛苦，卻試圖鼓勵我。這點讓我很開心，所以更令我揪心。我只能緊緊抱住齋藤，然後發狂般大哭著。

從那時起，齋藤由佳在我心目中就成了「重要的兒時玩伴」。

✝

我和榎田陽人一同離開廢棄大樓後，首先用三澤的手機叫救護車。正確告訴對方地址後，我們躲在陰暗處確認三澤和安城確實有被救護車送走。

榎田直到最後都還是以摻雜著擔心和後悔的複雜眼神默默守護著，但我並不會同情她們。恐嚇同班同學這份醜陋、無視自己的所作所為打算徹底制裁我，以及隱瞞事實向純真的榎田陽人尋求協助，這些事都統統都讓我很不爽。其實我很想親手揍她們。

之後我們再次往車站東公園移動。

榎田陽人拜託武田社長命令熟人不要攻擊我，但路途中還是有人襲擊而來。是那個在地下停車場遇到的西裝男子。他想要打倒壞人，將恐嚇勒索得來的鉅款占為己有。對方是手持小刀進行襲擊，所以不能輕忽大意。不過有榎田在這兒，倒也不是那麼可怕。她以警棍打掉凶器，我再動手攻擊心窩和喉嚨，將對方打倒在地。男子撒了滿地口水，當場昏倒了。

沒有其他人再來攻擊我了。他們可能只是喜歡成群結黨，沒人有膽量單獨來找碴。

公園裡頓時被靜謐所籠罩起來。

我獨自坐在公園一角的長椅上，閉著眼睛等待著。

我只有聽見電車從我的頭上開過，鐵軌和車輪撞擊的聲音。不到十秒鐘就隨即安靜了下來。我看向武田社長給我的手錶，時間已經是午夜十二點半了。剛剛那輛或許是末班電車。

記得沒錯的話，我是在這座公園和齋藤由佳一同嚎啕大哭的。我們倆走著走著，不知不覺間就到了這裡來。

儘管發生了悽慘無比的事件，齋藤由佳也只有搬家，並未離開這座城市。她跟我解釋說，即使能夠預料到學校生活有多麼孤獨，她也無法再繼續忍受孤零零的日子了。因為有音彥哥在，我才會留下來喔——她是這麼說的。不曉得是擔心我還是擔心她自己，我不太能夠區別。

「音彥哥，你好嗎？」

這時有道聲音從頭上傳來。

我抬起頭，發現一張熟悉的臉孔。她就是我花費了一整個晚上持續尋找的少女。

齋藤由佳。

她的打扮實在不能說是時髦。鬆垮垮的灰色牛仔褲讓她的腿看起來很粗，搭配其上的純白連帽外套將拉鍊拉到了脖子，感覺很拘束。而且尺寸偏大，好像睡衣一樣。

然而，讓人眼睛一亮的白色使我印象深刻。純白的衣服上什麼都沒有，沒有塵土、沒有手垢、沒有血跡，簡直像是婚紗或巫女的白衣。和我髒到極點的T恤形成了強烈的對比。

這樣的她在我眼前微笑著，就像找到了什麼寶物的小孩子一樣。

「嗨，終於見到妳了。」

我終於跨越重重障礙來到這裡了，真的連我都感到傻眼。

齋藤完全不顧慮我內心的峰迴路轉，高興地看著我。

「怎麼了？陽人要我到這兒來。」

「我決定去自首。」

聽見我這句話，齋藤瞪大了雙眼，但隨即像是沒事般地露出了親切的笑容。

「這樣呀……或許那樣比較好。」

「嗯，我有一陣子沒辦法見到妳，所以能一五一十地統統告訴我嗎？我還沒有掌握到事件的全貌。拜託妳行行好，將妳的故事說給我聽吧。」

於是齋藤反覆眨了眨眼，大概是在確認話中的意思。

下一刻，她緩緩地點頭了。

「好呀，那我就告訴你吧。」

齋藤由佳大大地甩著連帽外套的兜帽，坐在我的身旁。很巧的是，這和我們過去交換約定的是同一個地方。和那時相比，我和齋藤都長大了。長椅的椅背感覺很狹小，兩個人就把長椅坐滿了。

五月十五日午夜十二點三十六分。

剛換日的夜晚感覺無比自由，真是不可思議。

接著齋藤將要述說瀧岡國中三千萬恐嚇事件的全貌。

為了結束這場惡夢。

†

齋藤由佳笑咪咪地開口。

「但我不知道從何講起呢。」

「音彥哥掌握到什麼地步了呢？」

「我不是很清楚你察覺多少真相了。」

「總之我先說，有什麼想知道的事情儘管問我喔。」

「你想聽我述說，你需要我。」

「如果你能記住這點，我會很開心的。」

「我想音彥哥也知道，自從那起事件後——菜菜不在之後我一直是孤零零的。」

「畢竟我爸爸殺死了同班同學嘛。」

「再說，我的朋友原本也就只有菜菜而已。」

「在學校裡沒朋友真的很可怕。所有人都會在內心某處嘲笑交不到朋友的人。他們都瞧不起人。他們不會清楚說出口告訴我，只散發著這樣的氛圍。」

「不，不對，可怕的不是周遭。」

「真正恐怖的，說不定是如此深信的自己。」

「『沒有朋友的自己真丟人』——一旦自己有這種感覺，生活就宛如地獄一樣。」

「感覺自己的一舉一動全都會變得很可悲。明明沒有朋友卻羞於上洗手間、遠足時孤獨地吃著便當的自己很可恥、沒有人替上課回答問題的自己聲援很沒面子。」

「坦白說，周遭的人們八成沒有那種想法，因為他們對我不感興趣。但我實在無法承認身邊的人對自己沒興趣，那樣太丟臉了。」

「想當然耳，會對我說『才沒那回事』或是可以跟我商量的人，一個也沒有。」

「我就在無人攀談及需要的狀況下，度過了小學和國中時期。」

「我也沒有主動搭話的意思。我不想讓人家看到我失敗而難堪的樣子。」

「我不希望別人對丟臉的自己產生興趣。」

「所以我決定當個透明人活下去。」

「周遭的人內心對我有興趣，只是不想被我發現所以默不作聲。」

「身處在這種傲慢的妄想當中，我才終於能夠呼吸。」

「開始受挫是在國中二年級的秋天。」

「我在體育祭的接力賽跑把棒子弄掉了，招致全班的反感。真是太糟糕了。我本來就已經不喜歡整個班級一起參加的接力賽了，還在那時弄掉了棒子，慌慌張張地把棒子踹了出去。全校所有人都在為我的失敗歡聲雷動……我就這麼換氣過度倒了下去……」

「三澤和安城大概也是那陣子開始欺負我的吧。和她們要好的北崎、雨宮、木原也立刻像是要跟上似的加入了。他們一直嘮嘮叨叨地責備我在體育祭的失態，拚命糾纏我要我向班上同學道歉。我不想這麼做就拒絕了，結果他們更是變本加厲。」

「不僅是強迫我謝罪，還撕爛我的筆記或課本，或是把營養午餐倒在我抽屜裡，在女廁拿水潑我，用骯髒的室內鞋踐踏我的頭。」

「其實他們還有對我做更過分的事情，但就算是音彥哥我也不想說，抱歉喔。我沒能和班上任何人提起。他們似乎在女生之間打造了一個禁止和我說話的規矩。做得真是相當徹底。我們班上明明有三十八個人，但每次要分兩人一組時我都會落單。他們一定是偷偷躲在某處分了三人小組，然後看著一臉詫異的老師和呆若木雞的我竊笑著。」

「好難受。」

「真的很痛苦，很難受。」

「齋藤由佳這種貨色消失了也無妨。」

「不如去死還比較有用，教室裡的空間就變得更寬廣了。」

「我無法原諒內心有這種想法的人。」

「我想洗腦他們，讓他們凡事都渴求我、需要我，再也離不開我。」

「我希望他們仰賴我、依靠我，不到形影不離就不滿意的地步。」

「我想讓他們藉由跟我在一起而沉浸在優越感當中，輕視那些沒有朋友的人。」

「換句話說——」

「我想和三澤他們成為朋友。」

「……朋友？」

我不禁打斷了她的話。

「妳剛剛是說朋友嗎？」

「嗯，是呀，怎麼了？」齋藤的回答一副一派輕鬆的樣子。

看到她呆愣的表情，我什麼話都說不出來了。

我就老實說吧。

齋藤說的話我有聽沒有懂。我知道她很孤獨，也知道那樣的人在教室會被看不起。我也看過好幾個同學會嘲笑在教室裡形單影隻，比方像是文化祭的時候閒著沒事幹的學生。也有人因此拒絕上學。我剛升上瀧岡南高中時，也因為新的班級碰巧一個國中時期的朋友都沒有，讓我很焦躁。看到身旁的人都和同一所國中畢業的同學聚在一塊開心地談天說地，我內心就感到一股無以名狀的寂寞。彷彿就像世上沒有人肯定自己的感覺。

但我不明白她對朋友的定義。

這份偏差是怎麼回事？所謂朋友不是應該更正面愉快的東西嗎？就像菜菜和齋藤那樣的關係。

五年來被孤獨所填滿的教室，究竟改變了她的什麼？

「就是說呀——」齋藤開口說道。「比起對我漠不關心的人，你不覺得會對我說出『討厭』的人比較能夠打成一片嗎？」

不，是這樣嗎？

我和齋藤在事件過後的確過得很親密，但也沒有到每天都會見面的地步，頂多每個星期打一次電話，兩個月見一次面罷了。我完全不曉得她在教室裡是什麼狀況。雖然我一直都在聽她說自己「好寂寞」這種喪氣話，但並未接觸到她的本質。

我暫且做了一口深呼吸。

「妳繼續說下去。」

「首先，北崎他們也誤會了，我並不是什麼有錢人。」

「媽媽是有留下遺產給我，但那也頂多只有五百萬圓。足以讓我在高中時期不用去打工，也能過著比平常人優渥的生活。大概無法供我念大學就是。」

「當然，我也沒有三千萬圓這麼誇張的存款。」

「是他們擅自認定——應該說，深信不疑。」

「所以我立刻採取了行動。」

「我試著在他們欺負我的時候說出口了。當我在體育倉庫挨揍的時候，說『我給你們錢，不要欺負我』、『我有很多錢喔』。嗯，為了博取音彥哥同情，我跟你說是『忽然遭到恐嚇』，但其實不是那樣。對不起喔。」

「我是主動談到了錢的事情。」

「說『我會付錢的，和我當好朋友吧』。」

「事情並不是恐嚇。我是花錢買了朋友。像是僱用家教或是幫傭一樣，利用金錢購買朋友。」

「我也告訴了他們自己的狀況。我說，多虧爸媽留下來的錢，我的經濟狀況相當寬裕。」

「他們一臉喜孜孜地收下了錢。之後北崎他們並沒有多加思考，就這麼被我拿錢收買著。」

「北崎他們有沒有講得好像是我在付社交費那樣呢？嗯，就算是他們那種人，也不會自己覺得和他們交好需要錢啦。那未免也太自戀了。」

「是我讓他們有那種想法的。」

「對齋藤而言，和自己交好有付錢的價值。」

「他們八成不認為自己在恐嚇取財吧。畢竟是我主動說『別打我，我會付錢的』，然後把錢給他們。」

「或許他們在最後的最後都在向陽人叫喚著『那不是恐嚇』吧。沒有啦，那果然不太可能吧。」

「總之，北崎他們開開心心地持續敲詐我。」

「一個普通的國中生，只要稍微開口威脅一下就能拿到三千圓嘛。雖然他們各種感覺已經麻痺了，不過對一般的國中生來說，三千圓也是一筆不小的數目。能夠五個人一起去卡拉ＯＫ唱歌。會食髓知味也是無可厚非的。」

「他們不斷進行數千圓規模的恐嚇。拿著錢到電玩遊樂場或速食店到處玩耍。」

「剛開始我忍了下來，畢竟那個時間點我只是個奴隸。教室裡不需要我這種人，何時被拋棄都不奇怪。他們露出低賤的笑容跟我要錢，讓我痛苦得無以復加。」

「但若是立刻進到下一個步驟，一定會被他們發現的。」

「於是我慢慢地忍耐了一個月，才打電話給音彥哥。這段你已經知道了對吧。我有大致告知我的願望了。」

「『我希望你徹底地恐嚇北崎，毫不妥協地從他手中奪取錢財』。」

「我還記得，當我那麼要求時，你的反應感覺非常不願意，再三地對我說教。我還記得，你要我重新好好考慮。雖然很煩人，我明白你是在擔心我。」

「不過，最後你還是替我實行了。」

「你忽然出現在北崎他們聚集的地方，一瞬間將所有人全都打趴了。」

「僅僅施展一次暴力，就讓大家都屈服於你。」

「場面實在很壯觀。至今跩得不可一世的人，在音彥哥面前丟人現眼地跪地磕頭的樣子。只有自己知道音彥哥是在我的請求之下行動，這也令我感到很開心。」

「之後我只要開口拜託，你一定會替我實行。我聯絡你說『希望你幫我拿回錢』，並將北崎的所在地告訴你，你就會立刻為我搶回錢。他並未發現我和音彥哥之間有所聯繫，愈來愈害怕神出鬼沒的你。即使拿起武器挺身面對，也絲毫不是你的對手。轉眼間他們就被搶走了許多錢。」

「同班同學正逐步走向破滅，這點我瞭如指掌。」

「被音彥哥勒索了一萬圓，隔天就會跟我要一萬五千圓；要是被音彥哥勒索了一萬五千圓，隔天就會加碼跟我要兩萬圓。明明在某個時間點罷手即可，他們卻想要讓手頭寬鬆一點，恐嚇的金額愈抬愈高。」

「北崎給音彥哥下了一個『恐嚇專家』的評語喔。他說音彥哥看到人家的表情，就能掌握對方帶了多少錢。明明就沒有這樣。」

「當然，為了不讓我和音彥哥的關係曝光，我沒有讓恐嚇金額那麼明顯地相等就是了。像是拿去花在遊戲上，蒙混過去。不過很了不起對吧，我被勒索的錢有九成五以上都回來了。這個數字相當驚人。」

「反過來說，有一百五十萬是被北崎他們自己花掉的。他們似乎打著『散心』的名義，坐新幹線到大阪，在高級晚餐餐廳或知名飯店盡情揮霍。他們這樣也很垃圾呢。」

「不過，風險就這麼深入他們的骨子裡了。」

「北崎他們慢慢注意到，要是沒有我在，人生就只有絕望。」

「恐嚇我的愧疚讓他們難以向警方商量，抵抗大村音彥又毫無勝算，偷爸媽的錢也有個極限。然而大村音彥所恐嚇的金額卻是水漲船高。既然如此只有進一步恐嚇齋藤由佳了。畏懼於恐嚇的壓力，讓他們拿著一部分的錢財揮霍，正常人的知覺逐漸崩壞。」

「我花了半年，慢慢地——」

「讓他們依賴我。」

「他們相信『要是沒有了齋藤，會被大村音彥殺死的』。」

「啊~真是太令人開心了。」

「沒錯，我是這麼認為的。」

「我有時會拜託音彥哥讓他們玩遊戲對吧？半威脅？嗯，或許是吧。畢竟你不是很情願的樣子。我就只有搬出江守的名字，說『我會對她吐露一切』了。」

「但這是很重要的環節喔。他們團結起來就不妙了。破壞友情的作業是必要的。」

「我讓他們投票，或是玩撲克牌的神經衰弱遊戲決定恐嚇對象。讓他們花了三個小時以上去玩狼人遊戲那次，大概是最開心的吧。因為我也參與其中。我很喜歡看大家拚了命去玩的樣子。畢竟我也很擅長說謊嘛。」

「哎呀，感覺好像看到最近的網路漫畫在眼前上演。就是那種考驗友情的死亡遊戲或互相欺騙的。想不到能夠親眼目睹呢。」

「我也知道他們之間的關係日益生變，漸行漸遠了。」

「最被大家孤立的應該是木原。他會被排擠也是無可奈何的吧。他讓音彥哥去襲擊安城，所以被當作團體裡的叛徒責難。明明大家的所作所為都半斤八兩呢。」

「同時另一方面，他們會來跟我交好。」

「看到這個狀況讓我超開心的。開心到回家會拿蛋糕捲和飲料開派對的地步。」

「這很驚人吧？我比和他們在一起許久的木原還重要喔。明明有國中三年的交情，又是一起被恐嚇的重要朋友，結果大家都需要我勝過木原。」

「我實在高興得不得了。」

「我獨自哭了好久。」

「我確實被需要了。」

「手法不光彩，也不能完全算是朋友，即使如此，我仍然覺得自己第一次被一個地方所接受。雖然是花錢買來的朋友，但我總算是不再孤獨一人了。」

「我有和三澤還有安城一起去吃過可麗餅還有百匯喔。我出錢請客。」

「無論誰說了什麼，我都覺得很幸福。」

「不過，令人開心的事情還在繼續。」

「榎田陽人轉學過來。」

「北崎他們邀約我『要不要成為真正的夥伴』。」

「這令我滿心雀躍，甚至覺得拋棄音彥哥也無妨。」

齋藤由佳口中的我毋庸置疑是個醜陋的傢伙，是人都會輕視。開口說教也好，面有難色也罷，到頭來我還是任由齋藤擺布。就客觀角度來看，我確確實實是個差勁透頂、無可救藥的男人。

「可是，我又該怎麼做才好……」

聽見我語帶嘆息地喃喃低語，齋藤歪著頭不解地問道：

「什麼怎麼做？」

「呃，我在想，是不是有其他更正確的方式可以拯救妳。像是通報學校或警方北崎他們的所作所為，或是我去打趴並命令他們『不准再跟齋藤敲詐』……當真只有恐嚇這條路可以走嗎？」

「沒有別條路嘍，音彥哥。」齋藤嘲諷我的話語似的搖了搖頭。「你完全沒錯。」

我不懂。

我苦思了千百回。這個問題簡直就像是——要找出兩位數字相乘後會得出五位數的組合一樣荒唐。我不斷挑戰著這個令人束手無策的絕望問題。

齋藤笑著這樣的我，開口說明：

「就是說，若是你加害於北崎他們，到最後會是我遭到孤立。無論是毆打、支配或是通報他們，我都不會得到幸福。我也想過威脅他們說『不當我的朋友就殺了你們』，但朋友這種東西果然不該是被人強迫而來的嘛。得要他們主動依賴著我才行。」

「…………」

「你說說，你忍心讓我變成孤單一個人嗎？我是你最重要的兒時玩伴吧？」

比起遭到恐嚇，齋藤更厭惡孤獨。

北崎要是停止恐嚇，齋藤的學校生活將會再次陷入無依無靠的困境。也有可能遇到更過分的欺凌。但只要維持這個循環，齋藤由佳就能以北崎他們的朋友身分活下去。就算那只是虛假的關係。

我根本無能為力。

方才齋藤沒有提到，但過去她本人曾跟我說過自己遭到了更悽慘的欺凌。上至性侵害，下至毀損器物。齋藤在電話另一頭哭著和我商量了好幾個小時。但就算我動用暴力介入其中，也只會讓齋藤受到的欺負變得更陰險，這點顯而易見。齋藤本身也不希望變成那樣。

除了恐嚇之外——還有其他方法緩和齋藤由佳的孤獨嗎？

「不……不對。」

我該採取的行動只有一個。當我找武田社長商量，告知他部分事實時就已經聽到了答案——拋下她。

然而我的行動令齋藤很開心。在我們每週一次的電話中，她笑的頻率確實變多了。也不再啜泣著對我訴說教室裡有多麼寂寞。因此我也對自己的犧牲奉獻能讓齋藤面帶笑容一事感到滿足。

我想要拯救一直以來總是苦悶地上學的齋藤。

『我們今天一起去打保齡球喔！這還是第一次呢！』齋藤笑嘻嘻地這麼跟我報告的時候，令我開心得有如感同身受。

那通高興到極點的電話，對我來說實屬難能可貴的平穩。

所以我才會瞞著周遭一切，成為恐嚇犯。

「順帶一提，這場恐嚇事件的美妙之處，就在於我並沒有犯下什麼罪喔。」

「硬要說的話只有教唆音彥哥，不過這也有『拿回被勒索的錢』這個正當理由。假使我膩了，去找警方商量就好。」

「音彥哥可就很難說了。至少，無論有著怎樣的理由，你都不希望自己進行恐嚇的事實在社員們之間曝光對吧？比方被江守靜知道。你們還差一點就是兩情相悅的關係了呢。你總是佯裝成一個平凡的小市民，很不想聽見她說『雖說為了兒時玩伴，但你確實恐嚇了國中生』吧。倘若你對我訴苦『再也不想恐嚇勒索了』，我想我還是一定會威脅你說『我要告訴江守喔』。」

「北崎他們自然也無法找人商量，因為他們也同樣在恐嚇人呀。而且還拿著那筆錢去揮霍呢。」

「僅有我支配著這個狀況，要毀壞或維持都看我的意思。」

「所有人都保有祕密，拚命隱瞞周遭，只有我是自由的。」

「然後大概到了三年級的四月左右吧。」

「我和榎田陽人變得要好了。」

「不過這份善意沒有任何心機算計就是。總感覺她很帥氣，同時又有種莫名與我相仿的要素，令人放不下心，所以我積極地找她聊天。」

「北崎他們仍舊依賴著我，跟我要錢。我交到了其他朋友，內心的感覺變成『這也無妨啦』。幸好陽人每天都會在社團活動待到很晚，所以放學後我交完錢再回學校，也來得及和她一塊兒回家。」

「我們愈來愈如膠似漆。」

「她真的是個很不可思議的女孩。」

「不會因為沒有朋友就瞧不起人，而明明和班上同學感情普通，卻自然而然地融入其中，還真誠地致力於劍道上。」

「我初次抱持著或許能和她成為好朋友的期待。」

「在與三澤和安城的相處之下，我也漸漸建立了和同學應對的自信。慢慢學會了如何在電玩遊樂場取樂，還有和別人對話。交了虛假的朋友後，愈來愈覺得自己好像也能交到真正的朋友。」

「再加上，恐嚇循環也差不多要走到極限了。」

「畢竟金額大得太誇張了，也開始有人擔心起我究竟多有錢。而且身懷鉅款也有著不知何時風聲會走漏的風險。」

「所以我決定將大家統整起來。畢竟在音彥哥的努力之下，這個小團體就像一盤散沙嘛。我向北崎他們建議說：『若是毀了大村音彥，我就絕對不會去舉發你們。』」

「然後再告訴他們一句話。」

「『我已經——沒錢了』。」

「他們那時絕望的臉龐真是妙極了。這些人一直藉由壓榨我獲得安寧，當失去了之後——就像個傻瓜一樣茫然若失。安城還光是這樣就淚眼汪汪呢。」

「不過他們也明白，總有一天得挺身面對大村音彥。他們希望從這個恐嚇地獄中脫身。」

「所以當我做出『我會指證大村音彥直接向我勒索一筆鉅款』的提議時，他們隨即歡天喜地贊成了。畢竟能將自己的罪行統統推到音彥哥頭上。原本七零八落的夥伴們，頓時便團結了起來。」

「接下來的事情我想音彥哥最清楚了。」

「眾人一同擬定了讓你走上破滅的計畫。」

「三澤她保證不會再跟我要錢了。『我之所以會跟齋藤要錢，是因為遭到大村音彥恐嚇』——她像這樣顛倒是非。明明先進行恐嚇的人是三澤才對呢。但她也已經完全相信自己的謊言了。」

「我們為了將音彥哥逼上絕境，團結一致。」

「我們——感覺能成為真正的朋友。」

「唯一的失算之處大概就是陽人加入了成員之中吧。北崎他們看上了陽人和我交好這點，真是糟糕透頂。唯有她，我並不想捲入其中。這是我的真心話。」

「我不希望陽人和這種醜惡的爭執扯上關係。」

「不過——陽人開口說要協助我的時候，我還是感到很開心。」

「於是我們今天實行了計畫。」

「計畫進行到一半，陽人就察覺了部分真相，很不妙就是了。」

「不過不要緊，之後我會再去和她言歸於好。畢竟事件落幕了，大村音彥哥也說會去自首。當然，我倆的關係你會保密吧？」

「我要和大家一起度過快樂的國中生活。」

「接著只要你趕快去自首，我會很開心的。」

「我已經不需要你擔心了。多虧你的努力，我交到了重要的朋友。我一個人也過得下去，用不著藉由你的幫助。只要音彥哥快點從我眼前消失就好。我真的很感謝你。」

「我能夠拋下這樣的自己——重獲新生了。」

「音彥哥，謝謝你至今的照顧。」

「所以——」

「你快去自首吧。」

這就是事件的全貌嗎？大致上如我所料。

事件初期我只是不明就裡地四處奔波，一旦冷靜下來自然就看得見來龍去脈。榎田陽人只掌握了一半的真相，只察覺了雙重恐嚇的事實。所以她是為了懲罰我和北崎他們雙方而行動。

既然齋藤由佳並未出面阻止，表示她果然對我死心了吧。

「謝謝妳……」我勉強開口低語道。「親口聽妳說我才終於體會到，自己究竟有多麼愚蠢。」

愚蠢這個詞聽在齋藤耳裡似乎非常可笑。

她噗哧地笑了出來。真讓人火大。

我一直都在為了保護齋藤由佳而東奔西走。萬一我被抓，齋藤由佳的計畫就很有可能會曝光。如此一來，她將飽受同學責難，再次回到孤獨的生活。這點顯而易見。所以我有必要逮到榎田陽人。

然而武田社長卻告訴我，齋藤由佳站在榎田他們那一邊。

齋藤由佳背叛了我。

「噯，我可以問妳一件事嗎？」

我賭上一絲希望開口詢問。這肯定會是最後一個問題了。

「什麼？」

「妳是以什麼樣的心情協助榎田，將我逼上絕境的？」

讓我知道，妳的內心是怎麼想的。有稍微擔心過我一點嗎？

於是齋藤一臉詫異地歪頭說道：

「咦……沒有呀。我根本不以為意。」

她的表情並未帶著絲毫惡意，單純只是無法理解我在譴責她哪一點。

我不和麻煩人物來往，這不是理所當然的嗎？

齋藤臉上的表情帶著這樣的弦外之音。

結果才會產生現在的我們。

是啊，這也是當然的嘛。只是我一直做不到，其實所有人都能辦到。

「能夠聽到真相，我很高興……我一直想從妳口中……確實聽見將我棄如敝屣的話語。」

我如此呻吟著。

「所以你才會拚命逃竄呢。」齋藤笑道。

我點點頭。這就是我的作風。並非依據傳聞或推測，而是要本人親口告知。直到最後關頭，無論對方是多麼重要的夥伴，我也不會透露恐嚇的真相，不會舉發齋藤由佳。

即使逃亡到最後，會與自己之外的所有人為敵——

我全身上下的傷口都在發疼。啊，好想早點回家躺下。我甚至不覺得自己能直挺挺地坐在長椅上了。被割傷的上臂還在刺痛著。右膝和社員爭執所造成的瘀青，隨著時間經過顏色愈來愈深。在籃球場挨揍的左肩，骨頭或許裂開了。被社長打傷的左眼，到現在還不能完全張開。這件事撕爛了嘴我也不會說。被榎田陽人瘋狂痛毆那陣子開始，我的腦中就像是籠罩著一層薄霧一樣呆滯。

我得下定決心才行了。

來讓這種青春邁入尾聲吧。

「噯，齋藤……我要告訴妳的事情所剩無幾了。」

我的右手握著一個拳頭大的石頭。我有事先告訴榎田，當我將它用力敲向地面時，就是信號。

我緊握住那顆石頭，握到手掌都染上了鮮血。

「我說啊，齋藤，交朋友固然重要，也要注意一下健康。給我去運動。妳最近慢慢變胖了吧？老實說，妳給人感覺不夠乾淨。頭髮要好好梳理啊。還有，不要太過沉迷於社群網站。可別為了交朋友，而把淫穢自拍照放在網路上。記得要用功讀書。妳沒什麼特別的專長，至少要有一定的學力。之後妳就隨意過活吧。這麼一來，一定能夠獲得恰如其分的幸福。」

我如此傳達給她。

「所以……再見了。」

我高高舉起手——

將石頭砸在跟前的石磚上。

猛力碰撞的石頭發出巨響，往四面八方破碎飛散。碎裂的聲音響徹公園。

於是我們後方的草叢搖晃起來，葉子彼此摩擦發出刺耳的聲音。齋藤跳了起來，轉身瞧向背後。我也緩緩地離開長椅，和齋藤保持距離。我的任務已經結束了，之後默默在一旁觀看就好。

「由佳……」

躲在草叢裡的人是榎田。她趁著電車行經而過時發出的隆隆聲響，躲到了我們正後方。是我為了讓她從齋藤由佳口中親耳聽見真相，而找來這座公園的。

榎田臉色慘白，以無力的雙眸凝視著齋藤。

「妳………妳居然……抱著這種想法……」

齋藤向我投以求助的眼神。都到了這個地步，竟還認為我會出手相助嗎？

我什麼都不會做，我的任務已經達成了。

大概是發現自己被設計了，齋藤背對著榎田企圖逃亡。然而她根本不可能從敏捷的榎田手中逃脫。齋藤轉眼間就被逮到，壓制在地上。

榎田騎在齋藤身上大喊著：

「妳這個人！竟然背叛了大村！他明明就比誰都還重視妳，需要妳！為什麼呀！我對大村……做了最差勁的事情。對班上同學也是！這些全都是妳一手策劃的嗎！」

「陽人……妳好重……」齋藤以渙散的眼神看著榎田，好似在眺望遠方一般。「三澤他們的事情妳不用擔心……妳的確做了差勁透頂又殘酷的事情，但他們喜孜孜地進行恐嚇也是不爭的事實。」

「那大村怎麼樣呢！妳騙了我，讓我去對付他……」

「妳為什麼在哭呢……？妳和音彥哥互不相識吧？所以笑一個啦。音彥哥也說他會去自首嘍。我們贏了。妳去和三澤道歉，之後每天都和我一塊兒玩耍吧，好嗎？我們要去逛街購物，品嘗甜點，約個幾百次會。我也為了妳很努力喔。」

死心吧，榎田。

我聽著淚流滿面的榎田的聲音，在內心如此說道。

很遺憾，榎田。妳的話語鐵定一次也沒有真正進入過齋藤的內心。從旁人的角度來看，妳們倆的友情很美好是毋庸置疑的。可是，齋藤自始自終只想著自己。

「妳為什麼……」榎田的聲音，聽來就像隨時要崩裂的玻璃一樣。「那麼一派輕鬆……嘻皮笑臉的呀……」

「對我發脾氣不合常理吧？我只是個遭到同學恐嚇——一個單純的被害人。」

榎田內心某種情緒，似乎因為這句話到達了臨界點。她發出不成話語的吶喊，眼淚潰堤般止不住，臉上表情扭曲成一片。

接著，榎田肝腸寸斷似的痛苦地咬緊了嘴唇，高舉著顫抖的拳頭。她不知如何是好般地維持著舉起右手的姿勢不動，僅是哭個不停。令人感覺時間彷彿停止了流動。

「別這樣啦……」齋藤開口說道。「我根本就沒有錯。」

這一定是個糟糕透頂的選擇。

榎田握緊高舉的拳頭，就這麼往齋藤的臉上揮了下去。不只是一次，兩次、三次，她強壯又美麗的手，化作刺拳接連打在齋藤臉上。榎田保持騎在齋藤身上的姿勢，不斷動手毆打她。

榎田會感到憤慨也是天經地義的事情。她是認真無比地在和我一戰。身為受到攻擊的一方，我感覺得出來。她為了齋藤竭盡心力。在那棟廢棄大樓中，榎田吐露著自己願意放棄劍道一事，訴說著毆打同班同學有多麼痛苦。她帶著過於純粹的心意，打算替齋藤懲奸除惡，獨自背負一切向我挑戰。然而這全都只是為了滿足齋藤扭曲的自尊心。

在靜謐的公園裡，榎田的拳頭重重打向齋藤的臉頰，發出沉悶又令人不快的聲響。

榎田悲痛欲絕的哭聲，微微傳進我耳中。

這一切，一個一個地破壞著我的回憶。

啊，都要結束了。

齋藤開心地和我炫耀自己跟朋友去吃甜點的日子，不會再次到來了。

因為她的欺瞞已經東窗事發，在我的全身上下刻劃了清晰可見的傷痕。

我只能默默看著眼前的光景。

茫然地眺望著齋藤的臉逐漸發腫的模樣，

不過很快地臨界點就到來了。我無法忍受繼續待在現場。我站了起來，試圖逃到公園外頭去。我覺得再這樣下去自己會吐出來。

「救救我呀！音彥哥！」

於是，這時我聽見齋藤的呼喚從背後傳來。

我轉過身子，只見齋藤拚命抓住了榎田的雙手，只有臉朝向我呼喊著。她的臉龐在榎田的痛毆之下，已經四處瘀青腫脹，鼻血和眼淚交雜的模樣令人不忍卒睹。

「救救我……我會跟你道歉……至今的事情我全都跟你道歉！我不會再依賴你了，拜託現在救我就好！」

齋藤凝視著我，聲嘶力竭地喊著。讓人擔心她會不會把喉嚨喊破了。

這是反射動作。

我被那道聲音吸引，打算朝齋藤那邊走去——但一步就停了下來。

看來我真是蠢到家了。事已至此，還希望拯救齋藤由佳。畢竟她實在太可憐了啊。受人欺凌、遭人恐嚇，又形單影隻。再說，讓她成為這種怪物的原因不就是我嗎？我們不是約好了嗎！無論發生什麼事情，都要保護她到最後！——這樣子的悲嘆在我腦中不斷響起。

不會對重要的人見死不救——這才叫作社會正義吧！

我以右手緊握著左手小指，對抗內在的聲音。小指上頭戴著江守送給我的戒指。那是我和夥伴一同度過，以及江守掛念著我的象徵。

不能迷失了重要的事物。

「你在發什麼愣呀！慢郎中！蠢材！混蛋！卑鄙小人！恐嚇犯！」

可能是看我躊躇不前感到很不滿吧，齋藤的音量愈來愈大。

這是慣於受人相助之輩所發出的臨終慘叫。把被我拯救視為理所當然的權利，活到現在的兒時玩伴所發出的聲音。

齋藤不斷朝我叫喚道。

「來阻止陽人啦！快一點！你這個叛徒！不准拋下我！」

她怒吼著。

究竟是誰的錯呢？——我好幾次都作著這樣的夢。我只是想看到齋藤的笑容啊。

當然，不論思索多少次，答案都清楚明瞭。是我的錯。一直以來保護著她的我就是起因。但不能再幫齋藤由佳下去了，我決定拋下她。我讓一名少女內心變得扭曲，等到自己處理不來，就丟下責任逃逸而去。

根本一丁點社會正義都不存在。

擁有的只是汙穢的平穩記憶。

我失去了妹妹，和兒時玩伴約好要守護她到最後。在「無論遇到什麼都不怕」這個孩子氣的想法下，我像個傻瓜似的鍛鍊起身體。回過神來才發現，自己只有跑步是全班第一，所以國高中進了田徑社，在那裡交到很多朋友。同時給了煩惱交不到朋友的齋藤許多次建議，也讓她學會如何使用社群網站。她拜託我進行恐嚇時我感到困惑，但看到笑著說自己第一次和朋友去卡拉ＯＫ的齋藤，讓我很幸福。我心想，過世的妹妹若長到這麼大，笑容是不是也會如此可愛呢？

這種青春該讓它結束了。不管多麼惹人憐愛，我都不能再幫助齋藤了。

我拿出內心所有的覺悟，堆出了笑容。

「齋藤，我當不成正義的夥伴了。我要去尋找其他的平穩。」

齋藤鬧著脾氣大哭大叫。榎田則是流著眼淚，噤口不語。

我輕輕踢著腳邊的小石子，轉身背對齋藤，往車站的方向邁進。

我將江守送的戒指重新戴緊到小指頭上。

希望我能夠回到那些和社員們一同歡笑的日子。

我要拋棄一名少女，悠然自在地獲得幸福。

晚安，我和你的世界

我終歸只是個徹頭徹尾的局外人。

事情源自於大村音彥和齋藤由佳這份兒時玩伴的愛，這時以北崎為首的班上同學再涉入其中，進行三方向的金錢流動——可怕的無限恐嚇就此完成。我不過是在之後追尋著事件的偵探罷了。只是個中途會合至他們故事的局外人。

完美的配角。

沒有人需要的第三者。

明明打從一開始就有自覺，現實如此攤在眼前還是令我感到愕然。

我只是個齋藤由佳中意的人。然而在我和她相遇前，大村和齋藤以及班上同學們都已經到達了我望塵莫及的遙遠地點。

啊，大概就是因為這樣吧。

身為局外人的我才會和齋藤——

五月十五日午夜兩點十六分。

設置在公園的時鐘顯示著這個時間，但我沒有實際感受。管他到底幾點都不重要。我現在所坐的地方並非長椅也非椅子，而是地面。我沒出息地一屁股坐在冰冷的石磚上頭。路燈發出了好似低鳴的細小聲音。車站東公園一片鴉雀無聲，甚至連如此細微的聲音都聽得見。

齋藤由佳的身影已經消失無蹤了。我對她消失到哪兒去了一點也不感興趣。

視線前方有個我丟出去的小小手提包，裡頭的物品散落一地。有這座城市的地圖、防狼噴霧器、錄音筆，淨是些已經用不到的東西。昨晚我為了慎重起見將它們塞進了包包，又因為太重的關係拿了出來，如此反覆好多次。只能錯愕地覺得，自己真像是個要出門遠足的小孩子。

我根本什麼都不知道。

明明不知道，卻又太多管閒事了。和我沒來由厭惡的人如出一轍。做什麼都搞得雞飛狗跳，一個誇大不實又令人煩躁的低能兒。

真是——令人忍不住發笑。

最後居然還不斷痛毆自己試圖保護的人。

我像個只會重複呼吸動作的人偶般全身無力地待在原地，這時背後傳來了腳步聲。不知為何，不用看我也猜得到是誰。

「你竟然回來了呀……」

「嗯，姑且還是頗在意。」

聲音的主人是大村音彥。

因為沒臉見他，所以我並未回頭。只是事務性地回覆他的擔憂。

「你要找由佳的話，她已經——」

「不，我有事找妳。」

我想告訴他齋藤的去處，但我們的對話雞同鴨講。不過，我隨即察覺了大村真正的意圖。

沒錯，我和大村之間還沒有做個了結。單方面地打了人家一頓後也沒有開口和解，我們就那麼分道揚鑣了。

我該說的話只有一句。

「抱歉，大村……」我朝著地面說道。「我對你做了很殘酷的事情。」

大村僅是為了齋藤由佳，在被設計的狀況下持續進行著恐嚇罷了。

儘管如此，我卻過度單方面地企圖制裁他。不單是這樣，我還煽動毫無關係的人，將大村的人際關係破壞得體無完膚。散布到社群網站的影片，永遠不會從人們的記憶中抹去。

「我現在要去自首，向警方坦承一切。」

大村持續站在我身後，我打從心底想要向他贖罪。

「蠢斃了……」

然而，大村好不容易說出的回覆卻十分冰冷，語氣相當無情。

「這是怎樣？妳跑去自首，我的日常生活就會恢復原狀嗎？我的本名和恐嚇影片都攤在世人的眼光下了，我的平穩哪有可能回來。妳做了無可挽回的事情，可別做出徒具形式的贖罪就感到滿足啊。」

「……！」

「所以，我現在要去自首。」

大村在我緊咬嘴唇的瞬間，說出了意想不到的話。

「無論是恐嚇或是暴力事件，我都會坦承是自己的所作所為。如此一來，妳仍然能夠回到平常的生活。妳還有挽救的機會。別要帥地說什麼再也無法握起竹刀了，趕快恢復成那個聰穎的自己啊。就算妳去自首，也只是讓世上多一個不幸的少女罷了。」

我反射性地轉過頭去。站在那兒的男人原本應該很難受才是，卻不知為何露出了自豪的笑容。

「為什麼？」

「這起事件的開端，源自於我無法徹底拋下齋藤的天真。由我來負起責任結束這一切。妳只要照著自己的劇本，當個試圖保護班上同學的少女就好。將五名國中生打到送醫的人是我。」

「那樣不對吧，你只是……」

「總之不管妳做出什麼樣的口供，我在街上大鬧還有恐嚇國中生都是事實。小小一兩條罪名就由我來背。況且——」

大村低聲說道。

「我不需要再犯下多餘的罪行了……是妳從齋藤身邊解放了我。這件事令我痛苦萬分，但喜悅的心情更勝其上。今後我會慢慢花時間找回自己的平穩。」

大村爽朗地說完這番話。

但他的表情讓我無法接受。大村身上背負的罪行，並沒有輕到能用那股氣氛帶過。

「為什麼呀，大村！」我哀求似的呼喚道。「我這種人根本就沒有幫助的價值！我已經深深察覺到自己有多麼膚淺、多麼差勁了！」

我從衣服上揪住自己的左胸，感受自己沿著指尖傳來的脈動，忍受著這份現實。

我實在愚蠢得可以。這股自責的念頭摧毀著我的理性，內心滿溢的情感傾洩而出。

「你上臂所受的割傷、肩膀的挫傷，還有衣服隱約露出的瘀青，全都是我害的！是我煽動的人跑去攻擊你，而我自己也不斷拿竹刀敲打你。我知道你的左眼張不開，也發現你拖著左腳走路。你身上的傷重得應該立刻去醫院——」

於是，大村嘲弄似的嘆了口氣。

「就叫妳別煩惱了，那是我自作自受。妳不也是打了同學而渾身發抖嗎？毆打齋藤由佳時也在嚎啕大哭吧。沒有理由輕忽內心的傷痛，更重視皮肉傷。」

我不曉得大村的嘆息是竭盡全力打圓場，抑或是在跟我套交情。但我立刻理解到，大村這個人一定是前者。

我搖了搖頭。我想要的不是簡單的安慰。我的罪孽在更為根深柢固之處。

「不對……我的愚昧……並不是那點。我傷害了你，自己也受傷，但內心的念頭卻完全相反。」

我抬頭看向大村。

「我呀——覺得亂開心一把的。」

這番發言簡直無可救藥了。

「為了齋藤由佳鞠躬盡瘁，逐漸走向破滅的道路，真的令我既開心又幸福。能夠就真正的意義下當她的好朋友，讓我雀躍不已。」

我有時甚至會覺得，自我犧牲是種無上的喜悅。我陶醉於獻身的行為。我傲慢地認為，能夠為了某人不遺餘力的自己是很特別的。破滅的誘惑將我拖進了無底沼澤中。我無法忍受自己只是個局外人。我想成為當事人和由佳同進退。

而且，和齋藤由佳一同度過的日子，開心得令人無法擺脫。我沒辦法再獨自裝模作樣地活下去了。

即使犧牲奉獻的盡頭，會迎向愚蠢至極的結局亦然。

我真的醜陋無比。

因為我的內心某處，享受著將他人逼上絕路的這一晚。

「『我』是個愚昧得莫可奈何的人（註：此刻起榎田不再使用「ボク」，而是中性的「わたし」）…………無法在不和他人聯繫的狀況下過活。沒有特別到值得你救。」

無論在什麼樣的場所，無論是什麼樣的時候，都要堅定貫徹自己，並引以為榮。

這種事情我做不到——事實擺在眼前。到頭來我為了私慾、為了由佳將許多人捲進紛爭中，最後還拋棄了她。根本什麼特別的人也不是。

然而，大村不知為何哀傷地微笑道：「和我一模一樣。」

他摸了摸我的頭，說：

「所以妳才應該受到拯救。不過現在先好好休息吧。」

這份溫柔令我很不甘心，緊握的拳頭顫抖著。

在大村滿是割傷的右手下，我只能淚流不止。

愚昧得無可救藥的「我」就在那裡。

我和大村之間的戰爭就此落幕。

真是漫長的一夜。

我為了齋藤由佳，以警棍對同學極盡折磨之能事。為了制裁恫嚇齋藤由佳的人，煽動許多人將大村音彥逼上絕路。我為自己不斷痛毆同學的恐怖顫抖，蔑視著自己為獻身而喜悅的卑微，同時卯足全力下手襲擊。

不過，大村音彥卻是單槍匹馬地擊退許多襲擊者及夥伴，儘管傷痕累累，最後仍然來到了我身邊。然後從齋藤由佳口中親耳聽見她的背叛，進而成功拋棄她。

為了從一名少女身邊獲得解放而逃亡的大村，以及為了和同一名少女成為摯友而奮戰的我，兩人將往各自的平穩之路邁進。

我知道刻劃在大村身上的傷痕。
我明白烙印在我精神上的痛楚。
為了當個大人，不得不捨棄某人。
為了成為大人，非得和某人相繫。

我們的生命反覆著邂逅及割捨。
這就是「我」們犧牲奉獻的故事。
所以，我永遠不會忘記今晚的事情。

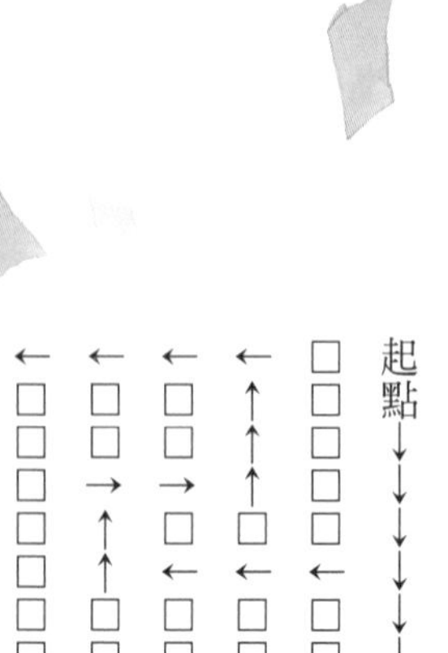

後記

不曉得各位是否經歷過「自己並非特別的人物」這樣的瞬間呢？我遇過許多次。從情人節沒能收到巧克力的國中時期，到看著社團夥伴轉眼間就比自己還厲害的高中時期都有。至今以來的人生，我目睹過數十次自己有多麼平庸了。可是，就算是舉世聞名的巨星，或許也在初戀對象面前，嘗過淪為普通人的屈辱滋味。一旦擅自這麼認定，感覺就稍稍獲得了救贖。雖然和前文沒什麼關係，但我做了一個迷宮。這是我的自信之作。

起點↓↓↓↓↓↓←□□□↓↓↓↓↓↓↓↓↓↓↓↓↓↓↓↓↓↓↓↓↓↓↓↓↓←

□□□□□←□□←□←□↓↓→□□□□□□□□□□□□□□□□□□□□□□←

←↑↑↑□←□□←□←□→□□□□□↓↓↓↓↓↓↓↓↓←□□□↓↓↓↓←□╳

←□□→□←□□←□╳□→↑↑↓↓↓—□□□□←□□□←□□□→□←□←↓←

←□□→↑↑□□↓↓╳□□□→□□□↓↓╳□□←□□□↓↓↓╳→□↓↓←□←

←□□□□□□□□□□□□□→□□□□□□□□←□□□□□□□→□□□╳□←

那麼接下來是謝辭。為本書繪製插畫的竹岡美穗小姐，您筆下的圖片美妙至極又氣氛十足。尤其封面的榎田更是棒到筆墨形容難以形容的地步。每次的指摘總是一針見血的編輯、前作上市後為我獻上「恭喜你出道。對了，獎金可以給我嗎？」這種祝福的朋友、第二十二屆電擊小說大賞的同梯，以及許許多多的熟人。多虧有各位的支持，本書才能順利問世。我真的打從心底感謝各位。特別是婉轉地恐嚇我的那位，希望本書的內容有回應到您的要求。

最後是重要的讀者朋友們。謝謝你們購買本書。能讓各位撥出貴重的時間閱讀這部作品，總之令我倍感光榮……話雖如此，我也只能寫出更優秀的作品聊表謝意。希望之後我可以創造出更有趣、更易讀，不受前作和本作框架限制的至高傑作。

雖然講得這麼誇大，其實目前仍沒有計畫。真的一丁點都沒有。門檻提得這麼高，現在開始我要認真煩惱了。這都是為了各位特別的讀者朋友。

松村涼哉

Kadokawa Light Novels

妹妹人生〈上〉待續

作者：入間人間　插畫：フライ

「我在這世上最親密的人，是我妹妹。」
入間人間筆下最纖細感人的兄妹愛情故事

對愛哭，沒有毅力，只會發呆，沒有朋友，讓人操心，無法放著不管的妹妹，哥哥以一生的時間守護她成長。描述從小朝夕相處的兄妹，成年後對彼此產生情愫，選擇共度人生。風格多變的鬼才作家入間人間，獻上略帶苦澀的兄妹愛情故事。

NT$200/HK$60

Kadokawa Light Novels

86—不存在的戰區— Ep.1 待續

Kadokawa **Fantastic** Novels

作者：安里アサト　插畫：しらび

少年與少女壯烈而悲傷的戰鬥，
以及離別的故事，就此揭開序幕。

共和國為應對鄰國的無人機攻擊，研發出同型武器，不再靠著人命堆疊的戰爭終於來臨——表面上確實如此。然而，位於全行政區之外的戰區中，少年少女們正「駕駛著無人機」，日夜奮戰——於第23屆電擊小說大賞摘下「大賞」桂冠的傑作，堂堂出擊！

台灣角川

NT$260/HK$78

Kadokawa Light Novels

賭博師從不祈禱 1 待續

作者：周藤蓮　插畫：ニリッ

第二十三屆電擊小說大賞「金賞」得獎作品！
年輕賭徒為拯救奴隸少女，不惜投身招致毀滅的賭局！

十八世紀末的倫敦——賭博師拉撒祿在賭場失手，獲得一筆鉅額賭金，無奈之下購買了一名奴隸少女——莉拉。莉拉的聲帶遭到燒燬，失去感情，拉撒祿將她僱為女僕並教導她讀書。在如此生活中兩人逐漸敞開心房……然而，撕裂兩人生活的悲劇從天而降——

NT$260/HK$78

台灣角川

Kadokawa Light Novels

閃偶大叔與幼女前輩 1 待續

作者：岩沢藍　插畫：Mika Pikazo

第23屆電擊小說大賞〈銀賞〉得獎作！
高中生與幼女前輩的超稀有戀愛喜劇！

黑崎翔吾是一名把熱情全投注在女童向偶像街機遊戲《閃亮偶像》的高中生。他努力搶下的遊戲排行冠軍寶座卻要被突然出現的小學生新島千鶴奪走！翔吾與千鶴為了爭奪遊戲權而彼此對立。然而，這次的遊戲活動中，「朋友」是掌握關鍵的要素……？

國家圖書館出版品預行編目資料

早安,愚者。晚安,我的世界 / 松村涼哉作 ; uncle wei
譯. -- 初版. -- 臺北市 : 臺灣角川, 2018.03
面 ; 公分

譯自 : おはよう、愚か者。おやすみ、ボクの世界
ISBN 978-957-564-073-6(平裝)

861.57 107000204

Kadokawa
Fantastic
Novels

早安，愚者。晚安，我的世界

（原著名：おはよう、愚か者。おやすみ、ボクの世界）

2018年3月21日　初版第1刷發行

作　　者：松村涼哉
插　　畫：竹岡美穂
日版設計：鎌部善彥
譯　　者：uncle wei

發 行 人：成田聖
總　　監：黃珮君
總 編 輯：蔡佩芬
編　　輯：吳欣怡
美術設計：吳佳昫
印　　務：李明修（主任）、黎宇凡、潘尚琪

發 行 所：台灣角川股份有限公司
地　　址：105台北市光復北路11巷44號5樓
電　　話：（02）2747-2433
傳　　真：（02）2747-2558
網　　址：http://www.kadokawa.com.tw
劃撥帳戶：台灣角川股份有限公司
劃撥帳號：19487412
法律顧問：寰瀛法律事務所
製　　版：巨茂科技印刷有限公司
I S B N：978-957-564-073-6
香港代理：香港角川有限公司
地　　址：香港新界葵涌興芳路223號
　　　　　新都會廣場第2座17樓 1701-02A室
電　　話：（852）3653-2888

OHAYO OROKAMONO OYASUMI BOKU NO SEKAI

Edited by ASCII MEDIA WORKS
First published in Japan in 2016 by KADOKAWA CORPORATION, Tokyo.
Complex Chinese translation rights arranged with KADOKAWA CORPORATION, Tokyo.